如果

诗词会讲故事

高 昌——编著

中华诗词学会副会长

先秦篇

朝華出版社
BLOSSOM PRESS

图书在版编目（CIP）数据

如果诗词会讲故事 . 先秦篇 / 高昌编著 . —— 北京：
朝华出版社，2023.8（2024.5重印）

ISBN 978-7-5054-4748-6

Ⅰ . ①如… Ⅱ . ①高… Ⅲ . ①古典诗歌—诗歌欣赏—
中国—儿童读物 Ⅳ . ① I207.2-49

中国国家版本馆 CIP 数据核字 (2023) 第 068539 号

如果诗词会讲故事（先秦篇）

作　　者	高　昌
选题策划	王晓丹
责任编辑	刘　莎
责任印制	陆竞赢　崔　航
出版发行	朝华出版社

社　　址	北京市西城区百万庄大街 24 号	邮政编码	100037
订购电话	（010）68996522		
传　　真	（010）88415258（发行部）		
联系版权	zhbq@cicg.org.cn		
网　　址	http://zhcb.cicg.org.cn		
印　　刷	天津市光明印务有限公司		
经　　销	全国新华书店		
开　　本	710 mm×1000 mm　1/16	字　　数	89 千字
印　　张	10		
版　　次	2023 年 8 月第 1 版　2024 年 5 月第 2 次印刷		
装　　别	平		
书　　号	ISBN 978-7-5054-4748-6		
定　　价	49.00 元		

版权所有　翻印必究·印装有误　负责调换

高昌伯伯的话

　　我们的中国是一个诗国，我们的民族是一个富有想象力和审美精神、充满智慧和感情魅力的民族。上下五千年的瑰丽的文明史，出现了数不胜数的优美诗篇和灿若繁星的优秀诗人，也流传下来不胜枚举的诗词故事。

　　诗词里的中国故事，美好；故事里的诗词中国，精彩。我给小读者们挑选和讲述这些诗词故事，期待能引导孩子们从更多维的角度感受中华诗词之美，深刻感悟跨越时空的诗意和浪漫情怀。

　　中华诗词史，实际上也是中华民族的精神谱系和心灵史册。一路风雨，一路跋涉，一串串闪光的美好足迹，一道道绚丽的时代彩虹，见证着中华诗词的生生不息。此时此刻，回望芬芳葳蕤的风雅来路，顿觉赏心悦目，沉醉不已。中华诗词是中华文化基因中最鲜活、最灵动、最炽热的一份感动，是中华情、中国梦的美好记忆和美丽载体。那根温柔敦厚的琴弦就藏在我们每个人的心间，那些悲悯、善良、真挚、美好的旋律就回荡在我们的耳边，那一个个时代的精神分量、审美经验和生活智慧，指引着我们向前的步伐。历久弥新，长盛不衰，薪火相传，光明普照。

古典文化中有值得继承的文化精华，但也不能囫囵吞枣地全盘吸收这些东西。科学与民主的圣火不熄，自由和光明的追求永不过时。在历代传诵的诗词故事中，冷静思考一下时代局限下的经验和教训，也是一种必要的文化反省和历史反思。所以"分析和思考"，是我想和小读者讲的第一点悄悄话。

我想起杜甫《望岳》中的两句诗："会当凌绝顶，一览众山小。"希望小读者们要有"会当凌绝顶"的肝胆豪情，以及"一览众山小"的宏伟志向。所以"胸襟"和"格局"，是我想和小读者说的第二点悄悄话。

锦绣年华，前途无量。诗谊久久，来日方长。我用杜甫《望岳》诗韵写了一首小诗，附在本文最后，和各位亲爱的小读者共勉：

百劫美如斯，三生情不了。

风雷出莽苍，星斗罗分晓。

横地拔奇峰，压云穿健鸟。

起看清格高，知是乾坤小。

目录

古诗之始

击壤歌

[先秦] 佚 名

日出而作，日入而息。
凿井而饮，耕田而食。
帝力①于我何有哉！

注释

①帝力：尧帝的力量。

我国上古时期，有一位著名的部落联盟首领，名叫尧。他十五岁受封为唐侯，二十岁接替哥哥成为天子，带领子民定都平阳。古书上把他称为"帝尧"或者"唐尧"。传说他长相很奇特：脸形是上边尖、下边宽，呈葵花子的形状。最奇特的是他的眉毛，有八种颜色，称为"八采（彩）眉"。

唐尧命令羲和根据日月星辰的运行情况测算出了春分、夏至、秋分、冬至四时节气，颁授历法和农耕时令，让农业生产有了依循。他还兴修水利，守卫疆土，做了很多好事，很受百姓欢迎。相传，现在人们喝的酒、下的围棋也是唐尧发明的。

唐尧自己的生活非常俭朴，穿的是粗布葛衣，喝的是野菜汤，住的是茅草屋。为了及时了解百姓的疾苦，他专门在简陋的宫门前摆设了一面鼓，称为"欲谏之鼓"，任何想要建言献策的人，都可

以随时击打这面鼓。无论何时，只要鼓声一响，唐尧都会立刻打开宫门，把来人请到宫中听取意见和建议。

为了寻访人才，唐尧还经常到各地去求贤问政。有一天，他独自外出巡游，遇到几个农夫正在玩一种名叫"击壤"的游戏。壤就是土块，是这样玩的：在远处埋下一个目标，再后退到三四十步之外的地方，用手中的壤去投掷，谁击中的次数多，谁就取得胜利。

几个农夫玩得很开心。有个旁观的人看他们的日子这么欢乐，忍不住说："大哉，尧德乎！"意思是说：这都是尧帝的好政策给我们带来的幸福生活啊！

正在玩游戏的农夫们听了那个人的话，一齐哈哈大笑起来。其中一位五六十岁的老者，一边悠闲地玩着击壤的游戏，一边哼唱出一首欢乐的歌：

如果诗词会讲故事·先秦篇

日出而作，日入而息。

凿井而饮，耕田而食。

帝力于我何有哉！

诗歌意思是说：太阳出来就起床去干活，太阳落山了就回家去休息，开凿水井来取水解渴，耕种田地来获得食物。伴随大自然的节奏而简单地生活，多么快乐自由啊，帝王的力量，对我来说又有什么关系呢？

旁观的那个人知道老人在讽刺自己，就不好意思地红着脸悄悄溜走了。唐尧也听到了这首歌，虽然歌词中没有颂扬自己功德的内容，但得知几位农夫可以过着无忧无虑、自由自在的生活，脸上还是露出了欣慰的笑容。

这首歌就被称作《击壤歌》。后来传唱开来，"击壤而歌"也成了形容天下太平、生活安康的典故。清代学者、诗人沈德潜编了一本《古诗源》，把这首歌称为古诗之始，也就是第一首古诗的意思。

南风歌

[先秦] 佚 名

南风之薰①兮，可以解②吾民之愠③兮。

南风之时④兮，可以阜⑤吾民之财兮。

注释

① 薰（xūn）：和煦。

② 解：解除。

③ 愠（yùn）：怨恨，愁苦。

④ 时：适时，及时。

⑤ 阜（fù）：丰富。

在唐尧之后，先民迎来了又一位明君——虞舜。说起虞舜，当时的人们啧啧称奇。传说他的眼睛与众不同，每只眼睛里面有两个瞳孔，被称作"重瞳"。因为孝顺和友善，他受到人们的称赞，还会制陶的独门手艺。

据史书记载，舜的父亲叫瞽（gǔ）叟。瞽叟二字从字面上看就是盲人老头的意思，不过这可能是一个外号，舜的父亲不一定真是盲人。

传说舜的生母去世后，父亲瞽叟又娶了一位妻子，并生了一个弟弟，叫象。瞽叟喜欢象，不喜欢舜，对他非常苛刻，动不动就严厉惩罚他。但舜非常孝顺父母，不仅对待后母像自己的亲生母亲，对后母生的弟弟也特别亲近。

父亲和后母让舜去历山种地，去雷泽打鱼，去黄河之滨制作陶器。不管在干什么活，他都很卖力气，而且还能团结和感染周围好多人一起勤奋工作。舜走到哪里，哪里就兴起礼让的风气。无论他去到哪里，人们都愿意追随着他到那里去。史书上说"一年而所居成聚（聚即村落），二年成邑，三年成都（四县为都）"。意思是说：跟着他干的人一年就聚成村落，两年就聚成小镇，三年就聚成大城。可见舜有多么巨大的亲和力和号召力。

舜长到二十岁的时候，好名声已经传得很远了。当时的四岳（中国上古传说人物，相传为唐尧的四位大臣）纷纷向尧帝推荐舜，尧于是就赐给舜绨（chī）衣（细葛布衣）和琴，还有牛羊等礼物，并帮他修筑了仓房。

可是，父亲和后母还是看着舜不顺眼，甚至想把他杀死，就可以把尧帝送的礼物侵占掉。

有一次，瞽叟让舜到粮仓顶上去修补屋顶，然后在粮仓下面放起大火。舜一看火焰蹿上来了，就借助手中的两只斗笠，像长了翅膀一样从房顶上滑翔下来，逃出了火海。后来，瞽叟又让舜去掘井，等到井挖得很深的时候，瞽叟忽然带着象从上面往下面填土，想把舜活埋在井里面。幸亏舜事先有了防备，他已经在井壁上悄悄地凿出了一条通往别处的暗道。逃生后，他仍然没有怪罪父亲和弟弟，还是一如既往诚恳谨慎地孝顺父母，爱护兄弟。

唐尧老了以后，提出以举荐的方式推选贤才，大家一致推荐舜。唐尧经过一番实际考察之后，对舜的表现很满意，不仅把自己心爱的女儿嫁给了舜，还把帝位也传给了舜。舜即位之后改国号为"有虞"，所以他又被称为虞舜。在位期间，他勇敢地制服了"四凶"（不服统治的四个酋长），让皋陶（Gāoyáo）掌管赏善罚恶的五刑，让大禹治理水患，让后稷（jì）主管农业，让契（qì）主管教化育人的五教，把有虞国建设得井井有条，和谐美好。

传说舜即位的那天，阳光万里，百花盛开，和风习习。虞舜坐在温暖的南风里，弹着五弦琴，放声高唱了一曲《南风歌》：

南风之薰兮，可以解吾民之愠兮。

南风之时兮，可以阜吾民之财兮。

薰通"熏"，是和煦的意思，"解"是解除的意思，"愠"是愁苦的意思，"时"是及时的意思，"阜"是富庶的意思。这首诗的意思是说：南风多么和煦啊，可以解除百姓的愁苦。南风来得正好啊，可以充盈百姓的财富。

吉祥彩云

卿云歌（节选）

[先秦]佚 名

卿云^①烂兮，纠^②缦缦^③兮。
日月光华，旦复旦^④兮。
明明上天，烂然星陈。
日月光华，弘于一人。
日月有常，星辰有行。

注释

① 卿（qīng）云：卿，通"庆"。吉祥美丽的彩云。
② 纠（jiū）：即"纠"，结集、联合。
③ 缦缦：萦（yíng）回舒卷的样子。
④ 旦复旦：谓光明又复光明。

　　上古时期，天气不像现在这般可监测预报，洪水肆虐（nüè）的情况可谓相当频繁。大水淹没了田野，冲毁了村庄，草木疯长，五谷歉收，毒虫猛兽在大地上横行，到处伤害百姓和牲畜。人们没有了安身的地方，低地的人只好在树上搭巢，高地的人只好挖洞居住，百姓生活得非常痛苦。

　　后来，有一位名叫鲧（gǔn）的人被推举出来治理洪灾。他采用的是"堵"的方法，也就是筑堤挡水。可是这种方法对付小水流还能够奏效，而如果洪水太大，堤坝很快就会被冲垮。鲧一直忙活了九年，也没有治住洪灾，洪水反而越来越大。

　　他的儿子大禹接着带领人们治理水患。禹经过认真调查和思考，吸取父亲治水失败的教训，采用了"疏"的方法，也就是挖渠开山，疏浚（jùn）河道，利用水自高向低流的自然特点，顺着地形把堵塞的河流疏通，把洪水引入疏通后的河道、洼地或湖泊，最后注入大海。

　　大禹不但很聪明，还很勇敢。治水的过程非常艰苦，他干起活来却一点儿也不怕艰苦，因为连续在工地奋战，据说连腿上的汗毛都在劳动中被全部磨光了。

　　相传，大禹发明了最早的测量工具——准绳和规矩，帮助自己掌握河道数据。他挥动神斧，劈开了挡水的伊阙（今龙门），开通了拦路的积石山和青铜峡，使河水顺利地向下游一路疏导。为了治水，他离开家乡，一去就是八年，三次经过自己的家门，都因为治水工作繁忙而没有回去，连儿子出生都没有来得及去看一看。这就是后人一直赞颂的"三过家门而不入"，展现出了很强的责任感和勇于献身的精神。

经过艰苦的奋斗，大禹带领民众一共疏浚了九条河道，挖掘了汝水、汉水，开掘了淮水、泗水，疏导了长江、黄河……最后大水终于顺着河道流动起来了，水患也就排除了，害人的毒虫毒兽也都消失了。人们把家从树上和洞穴里搬了回来，重新得以在平地上居住。

大禹治水有功，年老了的舜帝就把帝位传给了大禹。举办仪式的时候赶上一个好天气，一朵朵美丽的彩云在蔚蓝的天空中飘动，就像鲜艳的花朵在春风中盛开一样。舜帝望着这些吉祥美丽的云朵，拉着大禹的手臂，深情地唱了起来：

卿云烂兮，糺缦缦兮。

日月光华，旦复旦兮。

…… ……

意思是说：美丽的云啊多灿烂，萦回缭绕啊多吉祥。日月光辉啊普照人间，辉煌灿烂啊生活幸福。

受邀来参加典礼的"八伯"（八方官员），情不自禁地应和着舜帝的歌声唱了起来，舜帝编了新词继续唱和。大禹陶醉在这和美吉祥的歌声中，笑容非常灿烂。

这首《卿云歌》历代传唱，曾经两度很短暂地被改编为中华民国的国歌。另外，上海著名的复旦大学，其校名也取自《卿云歌》。

澡盆上的铭文

盘 铭

[商]汤

苟^① 日新^②，

日日新，

又日新。

注释

① 苟：如果。
② 新：进步和进取。

汤是商王朝的创建者。传说他有很多名字，又叫武汤、天乙、成汤、成唐、唐、大乙等，今人多称他为商汤。古书上说商汤"丰下兑上，指有胼（pián），倨（jù）身而扬声""长九尺，臂四肘"，也就是说：商汤脸形上窄下宽，手指有两指相连，声音很大，个子很高，两个手臂上有四个胳膊肘，按照这个记载，商汤的相貌确实十分奇特。

有一回，商汤叫一个姓彭（péng）的小伙子给自己驾车，准备去访问著名的贤人伊尹。彭家小子有点儿不高兴，在半路上还一边发牢骚，一边劝商汤说："伊尹只不过是一个曾做过奴隶的老头子。如果您想见他，下令召他来就行了，何必还要亲自去家中拜访？"商汤说："如果现在有一种药，让人吃了它，耳朵可以更加灵敏，眼睛可以更加明亮，我当然要高高兴兴地去寻找并尽力吃到这种良药。伊尹现在对于我们商国，就好像良医好药，而你却劝我不要去见伊尹，这是不想让我变好啊！"于是就把这位彭家小子赶下去，不让他给自己驾车了。

还有一次，商汤在密林中看到猎人正在张挂捕捉飞鸟的网罗，东南西北四面都挂满了，同时这个猎人还在不停地大声祷（dǎo）告："从天坠者，从地出者，从四方来者，皆罹（lí）吾网！"意思是说：从天上坠落的，从地上飞起的，从四方飞来的，全部掉进我的网里！

商汤听到之后，焦急地说："这可不行。要是如此地长期捕猎下去，就会把世上的鸟类全都捉绝了啊！"于是，他就叫手下人把猎人张挂的网收掉三面，只留下其中一面。随后商汤也对着网开始祷告："欲左，左。欲右，右。不用命，乃入吾网。"意思是说：鸟儿们啊，想往左的，就往左飞，想往右的，就往右飞，不想活命的，再到我的网里来吧！他劝告猎人和自己的手下人说："我们要捕捉的就是那些不想活命的鸟，不能赶尽杀绝。那些不听天命的动物毕竟是少数，对待大多数动物还是要有仁德之心。"这就是成语"网开一面"的来历。

后来，其他诸侯听说了商汤网开一面的故事以后，都称赞说："商汤的仁德都能惠及不懂事的禽兽，对我们大家的心意更是不会错，他真是一位仁德的君主。"于是纷纷前来，表示愿意听从他的指挥。

经过商汤的治理，商国越来越强大了。当时的王朝是夏朝，统治者叫桀（jié），是个暴虐无道的坏家伙。夏朝后期，汤兴兵伐夏。在伊尹的帮助下，经过鸣条之战等多次战役，大约在公元前1600年，汤终于灭掉了夏王朝，统一了黄河中下游地区。

为了鼓励自己坚持创新、勇于创新，商汤专门在自己的澡盆上刻了一篇《盘铭》：

苟日新，

日日新，

又日新。

这首诗是说：如果每天洗澡之后有个新的我，那么就要保持天天都要有一个新的我，新了还要做到更新。

商汤对自己提出了这样的要求，也的确是这样做的。他不但特别爱思考问题，而且不懂就问。他思考过"上下天地八方，有没有极限呢？""事物有大小吗？有长短吗？有异同吗？"等高深的哲学问题。因为古代的科学知识有限，他提出的这些问题并没有明确的解释，他热爱学习、认真思考、勇于创新的精神，受到后人的赞颂。

武丁访傅说

殷 武（节选自《诗经·商颂》）

[先秦] 佚 名

商邑翼翼①，四方之极。

赫赫厥声，濯濯②厥灵。

寿考且宁，以保我后生。

陟彼景山，松柏丸丸③。

是断是迁，方斫④是虔⑤。

松桷⑥有梴⑦，旅楹⑧有闲，寝⑨成孔安。

注释

① 翼翼：都城盛大的样貌。

② 濯（zhuó）濯：形容威灵光辉鲜明。

③ 丸丸：高大挺直的样子。

④ 斫（zhuó）：用刀、斧等砍。

⑤ 虔：削。

⑥ 桷（jué）：方形的椽子。

⑦ 梴（chān）：长长的样子。

⑧ 旅楹：众多的楹柱。

⑨ 寝：寝庙。

　　武丁是商朝的一位君主。他的伯伯和父亲做君主的时候，把朝政弄得一团糟。等到武丁当了君主的时候，他决心重新振兴殷商。但是，他身边没有什么有能力的大臣来辅佐他，于是他一边暗中调查国家的各种情况，一边寻访贤人帮助自己。三年的时间里，他居然一句话也没有对大臣们说过。

13

一天，他突然把大臣们叫到身边，开口说话了。他说："我做了一个梦，梦见一个贤人可以做国相。那个贤人穿着粗麻布衣服，戴着铁锁链，正在筑墙。他说自己是一个囚徒，姓傅，名说。"

随后，武丁就让画工按照自己的描述画了一幅图，命下属拿着画到全国去寻访这位傅说。后来，果然在北海附近的虞、虢（guó）之间的傅岩遇到一个长得和画像很相似的囚徒，当时那个囚徒正在被监工赶着筑墙。下属一问，这个囚徒名叫"说"，他本没有姓，因为是在傅岩这个地方被发现的，所以就算是姓傅吧。这样一核对，正好和武丁的梦境一致了，于是就把他带回了朝廷。

武丁见了傅说很高兴。经过问答，武丁发现傅说果然是一位有才能的贤人。傅说因为家里穷困，就把自己卖了，到监狱里帮助筑城来换一口饭吃。他说自己也做了一个梦，梦见自己腾云驾雾，绕着太阳飞行。古人用太阳比喻君主，傅说梦见绕着太阳飞行，其实就是辅佐君主做大事的意思。

武丁听了傅说的话很高兴，立刻就把他封为了国相，什么大事都和他商量。武丁到处称赞傅说："朝夕纳海（huì），以辅台德。若金，用汝作砺；若济巨川，用汝作舟楫（jí）；若岁大旱，用汝作霖雨。"意思是说：请早晚进谏，来帮助我修德吧。如果我是金子，就用傅说来砥砺我；如果我要渡河，就用傅说作为大船和船桨；如果我遇到了大旱，就用傅说作霖雨。

武丁真的在梦中见过傅说吗？或者说傅说真的梦见过自己绕着

如果诗词会讲故事·先秦篇

太阳飞行吗？世上哪有这么巧的事情啊！有的人猜想，武丁可能早就寻访到了傅说，准备重用他，只是故弄玄虚，说是自己梦到了他，然后再装模作样地去寻访他。武丁编出这一套故事，可能是为了增加傅说的权威，不然傅说是囚徒出身，倘若人们不听他指挥，就什么事情也办不成了。

傅说帮助武丁改革用人制度，确立君臣秩序，还改革祭祀（sì）制度。随后武丁亲自统兵出征，发动了对土方、鬼方、舌方和羌方等部落的战争，开拓了疆土，获得了财物，殷商重新兴旺起来，历史上把这段时间称为"武丁中兴"。

古人特意写了一首《殷武》来称赞武丁的功勋，其中几句诗是这样写的：

商邑翼翼，四方之极。

赫赫厥声，濯濯厥灵。

寿考且宁，以保我后生。

意思是说：殷商都城富丽堂皇，它是天下四方榜样。武丁有着赫赫声名，他的威灵光辉鲜明。既享长寿又得康宁，是他保佑我们后人。

关关雎鸠

关 雎（选自《诗经·周南》）

[先秦] 佚 名

关关雎鸠，在河之洲。窈窕淑女①，君子好逑②。

参差③荇菜，左右流④之。窈窕淑女，寤寐⑤求之。

求之不得，寤寐思服⑥。悠哉悠哉，辗转反侧⑦。

参差荇菜，左右采之。窈窕淑女，琴瑟友⑧之。

参差荇菜，左右芼⑨之。窈窕淑女，钟鼓乐⑩之。

注释

① 窈窕（yǎotiǎo） 淑女：贤良美好的女子。

② 好逑（hǎoqiú）：好的配偶。逑，"仇"的假借字，匹配。

③ 参差（cēncī）：长短不齐的样子。

④ 流：摘取。

⑤ 寤寐（wùmèi）：指日夜。

⑥ 思服：思念。

⑦ 辗转反侧：翻覆不能入眠。

⑧ 友：亲爱，亲近。

⑨ 芼（mào）：挑选。

⑩ 乐：使……快乐。

　　商朝末年的一天，西岐（qí）侯的儿子姬昌到渭水边游玩，遇到一位美丽的女孩。那位女孩手提竹篮，和伙伴们一起在河边采摘荇（xìng）菜。荇菜是一种长在水边的植物，它鲜嫩的茎叶可以食用，最初一般都是用作祭祀祖先时的供品。只有贞德善良的女孩才有资格承担采摘荇菜、准备供品这一神秘而尊贵的重任。

那位采荇女孩不仅相貌美丽，而且举止端庄，幽静娴雅。姬昌对她一见钟情。姬昌正想和女孩说话，美丽的雎鸠（jūjiū）鸟忽然关关鸣叫着飞过来，在他们的头顶盘旋，久久也不离开。雎鸠是南方的一种美丽的水鸟，传说它们的雌鸟和雄鸟永不分开，忠贞专一。它们平时居住在幽深的芦苇深处，非常谨慎，一般不会轻易飞出来。

年轻的姬昌听着雎鸠鸟的欢鸣，心有所感，就脱口唱出一首《关雎》：

关关雎鸠，在河之洲。

窈窕淑女，君子好逑。

…… ……

姬昌唱得很动情，他还以为那个采荇女孩在旁边听着自己唱歌呢！可是等他唱完，再回头寻找那个采荇女孩，才发现她已经被同伴拉走了。

姬昌很懊悔，心里想：都没有来得及问她的名字呢。

随后不久，商朝的国君帝乙为了和西岐搞好关系，准备和西岐联姻，主动提出把自己的妹妹嫁给姬昌做妻子。姬昌心里一直想着那个河边的女孩，不愿意娶帝乙的妹妹。可是关系到国家大事，实在不能违抗，只好来帝乙这里相亲。

帝乙见到姬昌一表人才，很高兴地叫出妹妹太姒（sì）和他相见。姬昌眼前一亮，因为太姒正是河边那位让他朝思暮想的采荇女孩，这真是太巧了。他偷偷在心里高兴地默念着：这可真是天

作之合啊。

姬昌高兴地回家，赶紧准备丰厚的聘（pìn）礼，选了一个好日子就来迎娶太姒。可惜连日大雨，渭河涨水。当时的渭河没有桥梁，水流又深又急，娶亲的队伍来到河边的时候，根本无法过河。正在焦急的时候，周围的百姓赶过来了，他们把自己家里的船并排相连，搭成了一座又宽又稳的浮桥，帮助姬昌把美丽贤淑的太姒迎进了西岐。

姬昌后来做了西岐的君主，就是周文王。太姒嫁给姬昌之后，勤恳持家，恭谨至诚，被人们尊称为"文母"。她为文王生下十个儿子，都很有成就，其中有伐纣（zhòu）的武王姬发，还有制礼的周公姬旦。姬昌吟唱的那首赞颂太姒的诗《关雎》也流传下来。

虞芮让畔

绵（节选自《诗经·大雅》）

[先秦] 佚 名

肆不殄①厥愠，亦不陨②厥问。

柞棫③拔矣，行道兑④矣。

混夷⑤駾⑥矣，维其喙⑦矣！

虞芮质⑧厥成⑨，文王蹶⑩厥生⑪。

予曰有疏附⑫，予曰有先后⑬。

予曰有奔奏⑭，予曰有御侮⑮！

注释

① 殄（tiǎn）：断绝。

② 陨（yǔn）：坠。

③ 柞（zuò）棫（yù）：丛生灌木。

④ 兑：通畅。

⑤ 混夷：即昆夷。

⑥ 駾（tuì）：逃窜。

⑦ 喙（huì）：疲劳困倦。

⑧ 质：评判。

⑨ 成：平。

⑩ 蹶（guì）：感动。

⑪ 生：通"性"，本性。

⑫ 疏附：能使疏者亲之臣。

⑬ 先后：君王前后辅佐之臣。

⑭ 奔奏：奔命四方之臣。

⑮ 御侮：捍卫国家之臣。

　　虞芮（ruì）不是一个人，而是商周时期西部两个小国的名称。芮国的国君叫芮君，虞国的国君叫虞君。这两个国家是邻国，两国交界的地方，有一块方圆十多里的肥沃土地。芮君说这块土地是芮国的，虞君说这块土地是虞国的。为了争夺这块土地，两国吵得非常激烈。

当时西岐的周文王以德治国，在诸侯中的威望非常高。人们有了争执，就会找周文王来裁决。芮君和虞君僵持不下，就决定一起去西岐求见周文王，请他为两国裁决此事。

芮君和虞君一边大声争吵着，一边推推搡搡着走路。可是没想到，他们一进入西岐的地界，忽然都有种不一样的感觉：人们在各家田里劳作，在田块与田块之间，都给对方留下宽宽的田畔，相互谦让着耕种土地；年轻人抢着帮老年人干活，孩童们也都得到很好的照顾；路上的行人秩序井然，男的走左边，女的走右边，都非常自觉。

晚上入住客舍，他们准备关上房门睡觉时，却发现根本没有门闩（shuān），无法反锁房门。"这样多不安全啊！"芮君不满意地嚷了起来。店主赶紧走过来，微笑着告诉他："我们西岐社会安定，人人懂礼，根本没有盗窃等现象发生，晚上睡觉从来不用门闩锁房门，所以客舍中也没有准备门闩。这里非常安全，先生只管放心安睡。"

接着虞君也嚷了起来，问为什么没有门闩。店主又赶紧跑过去，向他也解释了一遍。芮君和虞君半信半疑地躺到床上。果然，一夜平安，二位国君都香香甜甜地睡到大天亮。

最后吵醒他们的，是一位中年妇女的呼喊声。原来，她偶然捡到一根银簪（zān），正在吆喝着寻找失主呢！芮君和虞君虽然没

如果诗词会讲故事·先秦篇

有碰面,但都不约而同地暗暗赞叹:"这就是夜不闭户,路不拾遗啊。"

二人进入西岐的朝堂, 只见文武大臣们都神态安详,大官礼让小官, 小官尊敬大官, 人们互信互爱, 和睦相处。他们还没见到周文王, 就已经互相拉着手感叹起来:"吾所争, 周人所耻, 何往为,祗(zhǐ)取辱耳。" 意思是说:我们的互相争执, 正是周人所看不起的。别再去打扰周文王了, 否则只是自取其辱罢了。于是, 二人就一起离开了。

回到自己的国家以后, 两位国君实施仁政, 虞、芮两国人民也不再争抢那块土地, 而是开始互相谦让。后来, 那块土地就被称为"闲田", 由两国共管。这个故事, 在历史上被称为"虞芮让畔","畔"在这里就是土地边界的意思。

《诗经》中有一首《绵》, 专门描写了周民族的祖先古公亶(dǎn)父率领周人从豳(bīn)迁往岐山的开国故事, 以及周文王带领周人在岐山脚下创造幸福生活的事迹, 其中有关于虞芮让畔的诗句:

虞芮质厥成,文王蹶厥生。

予曰有疏附,予曰有先后。

予曰有奔奏,予曰有御侮!

诗的意思是说:文王的仁政感动了虞芮两国的国君, 他们的争执最后得到和解。最终能够团结上下,能够化解仇恨,能够一起前进,能够共同杀敌。从诗句中可以看出, 西岐的周人为周文王感到自豪,周边列国也是真诚地归顺。

直钩钓鱼

大明 （节选自《诗经·大雅》）

[先秦] 佚名

牧野洋洋①，檀车煌煌②，驷騵③彭彭④。

维师尚父，时维鹰扬。

凉⑤彼武王，肆⑥伐大商，会朝⑦清明。

注释

① 洋洋：广大的样子。
② 煌煌：辉煌的样子。
③ 驷（sì）騵（yuán）：四匹赤毛白腹的驾车骏马。
④ 彭彭：强壮有力的样子。
⑤ 凉：假借为"亮"，辅佐。
⑥ 肆：袭击。
⑦ 会朝（zhāo）：会战的早晨。一说黎明。

商朝末年，商纣王非常昏庸（yōng），越来越不得人心。与此相反的是，在西岐一带的周部族日益强盛。君主周文王有着雄心壮志，总想干一番大事业。他想，如果身边能够有一个能够辅佐自己的谋士，该多好啊。于是，他就暗地里四处物色和寻找这样的人才。

有一天，周文王路过渭水的支流磻（pán）溪岸边，遇见一位白发飘飘的钓鱼老人，看上去已经七八十岁了。这位老人对周文王的车马一点儿也不理睬，只是专心坐在岸边，一边嘴里嘟嘟囔囔着什么，一边用眼睛死死盯住水面，等着鱼儿上钩。

周文王好奇地停下马车，走近了才发现，这位老人的钓鱼方法

如果诗词会讲故事·先秦篇

真是太奇怪了。一般人钓鱼都用弯钩，还要挂上小虫子或特制的鱼饵（ěr），然后把带着鱼饵的弯钩放入水中，引诱鱼儿上钩。可是，这位老人的鱼钩离着水面有三尺多高，鱼钩上边光秃秃的，根本没有鱼饵。更奇怪的是，这个鱼钩居然还不是弯的，而是一根直钩。

周文王侧耳仔细听，这才听清楚老人嘴里念叨的是四句歌谣：

直钩垂钓，非比寻常。

不钓鱼虾，只钓帝王。

文王觉得此人非比寻常，就派一名士兵去问话。但老人不理睬这个士兵，只是自己一边钓鱼，一边嘟囔着："钓啊，钓啊，鱼儿不上钩，虾儿来胡闹！"

那位士兵见老人不理他，只好回去向周文王汇报。周文王又派了一名官员去请这个怪异的老人，可还是没有得到回应。这次老人一边钓鱼，一边嘟囔："钓啊，钓啊，大鱼不上钩，小鱼来胡闹！"

那位官员回去把老人的话告诉了周文王。周文王想：这个钓鱼的老人肯定是位有才能的人。于是，他赶紧让手下人准备了一份丰盛的礼物，亲自带着文武大臣们，一起上前拜见老人，亲自和老人交谈起来。

周文王这才知道这位老人名叫姜尚。他曾在商朝的首都朝歌卖过白面，摆过卦摊，宰过牛，卖过酒，但都没有成功，还亏了本，生活一直很不顺心，七十多岁了，还过着贫穷的日子，最后才来到磻溪岸边来钓鱼，其实也是在等待识才的君主来邀请自己。

周文王问姜尚："怎样做才能天下归心？"姜尚没有直接回答，反而开始讲解国的四种类型："王者之国，使人民富裕；霸者之国，使士富裕；仅存之国，使大夫富裕；无道之国，国库富裕。"姜尚说："您想做什么样国家的君主，就要照着那个国家的类型要求去努力！"

文王发现姜尚谈吐非凡，熟悉兵法谋略，就很高兴地说："我寻找您这样的人才已经很久了，请您到我们西岐去吧，帮助我来管理国家！"说完，就喊来自己的车子，和姜尚一同登车，回宫去了。

后来，姜尚辅佐周文王以及他的儿子周武王，一面加紧生产，一面训练兵马，使周部落越来越强盛，最后终于灭了商朝，建立了中国历史上统治时间最长的朝代——周朝。

《诗经》中专门有一首《大明》就是歌颂姜尚的。诗中写道：

牧野洋洋，檀车煌煌，驷騵彭彭。

维师尚父，时维鹰扬。

凉彼武王，肆伐大商，会朝清明。

意思是说：在广阔的牧野战场，奔腾的战车光彩辉煌，驾车的马儿雄骏健壮。看那英勇的姜太公，像雄鹰一样展翅飞翔。他忠实地辅佐周武王，齐心协力，奋勇灭商，相信明天的天空会更加清朗！

如果诗词会讲故事·先秦篇

不食周粟

采薇歌

[周] 伯夷 叔齐

登彼西山①兮，采其薇矣。

以暴易暴兮，不知其非矣。

神农、虞、夏，忽焉没兮，我安适归矣？

于嗟②徂③兮，命之衰矣！

注释

① 西山，即首阳山，在今山西永济县南。

② 于嗟（xūjiē）：叹词。于，通"吁"。

③ 徂（cú），借为"殂"，死。

　　伯夷和叔齐是商末孤竹国的两位王子。他们一共弟兄三人，伯夷是老大，叔齐是老三。孤竹国的君主最喜欢叔齐，所以在临终的时候，指定叔齐做自己的继承人。叔齐认为君主之位应该由大哥伯夷继承，但是伯夷说："让你继位是我们父亲的遗命，我不能违背！"为了让叔齐安心即位，伯夷悄悄地离开了孤竹国。等叔齐知道大哥出走之后，他觉得国君按顺序应该由老二继承，所以自己也收拾行李，悄悄地离开孤竹国，去寻找大哥了。

　　留下来的老二，在大臣们的拥戴下，即位做了孤竹国的国君。

　　叔齐后来终于找到了伯夷，他们听说周文王把西岐治理得很好，就想去投奔周文王。当他们翻越千山万水，终于到达西岐的时候，不巧周文王已经去世了，他的儿子周武王即位，正准备带兵去攻讨荒淫无道的商纣王。

伯夷和叔齐一听就急了，他们拦在周武王的马前，拉着马缰绳劝阻说："父死不葬，爰（yuán）及干戈，可谓孝乎？以臣弑（shì）君，可谓忠乎？"意思是说：父亲死去却不安葬，反而大动干戈，能说是孝顺吗？身为大臣却要去弑国君，能说是忠诚吗？

周武王身边的将士没有耐心听他俩继续唠叨，举起长矛就要刺向他们。姜太公忙阻止说："他们是有名的义士，不要杀！"接着就把他俩劝到别处去了。

后来，周武王伐纣成功，建立了周王朝。没想到伯夷和叔齐却觉得生活在周朝就是背叛国家。于是他们俩来到了一座名叫首阳山的大山里隐居。为了表示自己不屑于和周朝有任何瓜葛，还决定不吃一口周朝生产的粮食。

饿得实在受不了了，他们俩就在山里寻找能够吃的薇菜，勉强充饥。

二人一边采薇，一边还唱起悠扬的《采薇歌》：

　　登彼西山兮，采其薇矣。

　　以暴易暴兮，不知其非矣。

　　神农、虞、夏，忽焉没兮，我安适归矣？

　　于嗟徂兮，命之衰矣！

意思是说：我们兄弟在首阳山采薇啊，全因看到以暴换暴理太

如果诗词会讲故事·先秦篇

偏啊。神农、虞、舜那些国君都不见了啊，我们今后到哪里才有安稳之所呢？赴黄泉多么可悲啊，天注定命运多舛（chuǎn）啊。

秋天的时候，像薇菜这样的野菜已经越来越少了。有一天他们正在到处找野菜的时候，遇到一位从山里路过的妇女。她好奇地问伯夷和叔齐："薇菜越来越少，也没有什么营养。你们要不要去我家吃点儿干粮？"伯夷和叔齐齐声说："我们决不和周朝同流合污，也已经发誓不吃周朝的一粒粮食。"妇女惊异地看了看伯夷，又看了看叔齐，呵呵一笑，问道："你们采来的薇菜，不也是周朝的山上生长的吗？不吃周朝的粮食，为什么却吃周朝的薇菜呢？"

伯夷和叔齐这两个倔老头一听，觉得这个妇女说得很有道理。于是，他们连山上的薇菜也不吃了，最后就活活饿死在了首阳山中。

又过了好多年，一个名叫子贡的人听说了伯夷和叔齐的故事，就去问他的老师孔子："伯夷叔齐对所做的事，会不会觉得后悔？"孔子说："他们求仁而得仁，不降其志，不辱其身，我认为他们没有什么后悔的。"

商容不素餐

伐 檀 （节选自《诗经·魏风》）

[先秦] 佚 名

坎坎伐檀兮，置之河之干①兮，

河水清且涟猗。

不稼②不穑③，胡取禾三百廛④兮？

不狩不猎，胡瞻尔庭有县⑤貆⑥兮？

彼君子兮，不素餐⑦兮！

注释

① 干：河岸，水边。

② 稼（jià）：播种。

③ 穑（sè）：收获。

④ 廛（chán）：古代的度量单位，三百廛就是三百束。

⑤ 县（xuán）：通"悬"，悬挂。

⑥ 貆（huān）：猪獾。也有说是幼小的貉。

⑦ 素餐：白吃饭，不劳而获。

　　商容是商朝末年的大臣，是个受到很多老百姓爱戴的贤人，但是商朝的最后一任君主纣王很不喜欢他。有一回他带着跳舞的道具"羽"和奏乐的乐器"钥"去见纣王，想用礼乐教化纣王，劝谏纣王改正缺点。他苦口婆心地提醒纣王要关心百姓的生活，要这样，要那样……结果纣王很不高兴，把商容的官职给免了。商容一看事情不对，想了想，就悄悄地躲到太行山里隐居去了。

　　周武王讨伐纣王的时候，一直攻到商朝的国都朝歌附近。商容又走出大山，和殷商的百姓一起观看西周的军队行军。

这时，一个名叫毕公高的周朝将领挺着胸脯从队伍中走了过来，看热闹的人们说："这个人真威武，应该是我们的新国君吧！"商容摇摇头，说："非也。视其为人严乎将有急色，故君子临事而惧。"意思是说：看他着急忙慌的样子，脚步急匆匆的，不过是位面临大事心怀恐惧的君子罢了。

这时，姜太公坐着四不像走了过来。看热闹的人们又说："这个人好潇洒，应该是我们的新国君吧！"商容摇摇头，说："非也。其人虎踞而鹰趾，当敌将众，威怒自倍，见利即前，不顾其后。故君子临众，果于进退。"意思是说：他坐在那里像猛虎，站在那里像雄鹰，威严精明，只是位统领军队、进退果敢的君子罢了。

随后，周公旦也走了过来。看热闹的人们大声喊了起来："这个人好和蔼，应该是我们的新国君了吧！"商容仍旧摇摇头，说："非也。其为人忻（xīn）忻行休，志在除贼，是非天子，则周之相国也，故圣人临众知之。"意思是说：周公看起来为人很好，志在于铲除祸害，他不是天子，而是周的相国，是个受人尊敬的圣人！

　　这时候，周武王终于来到了人们面前，看热闹的人们说："这个人真有气度，应该是我们的新国君了吧！"商容也露出了笑脸，说："然！圣人为海内讨恶，见恶不怒，见善不喜，颜色相副，以是知之。"意思是说：周武王为天下讨伐恶人，看见恶劣的行为不发怒，看见善意的行为不喜悦，表里合一，这就是国君该有的样子。人们纷纷称赞商容慧眼识人。

　　周武王得知他就是贤人商容后，也停下了脚步，主动和商容交谈起来，并邀请他到朝廷里做大官。商容说："我过去想用礼乐感化纣王，却没有成功，这说明我很无能。我不敢净（zhèng）谏君主却选择了归隐，说明我无勇。我没有能力又没有勇气，是够不上当大官的条件的。"说完，就向周武王行了一个礼，重新回太行山隐居去了。

　　当时的人们引用《诗》中的诗句来称赞商容："彼君子兮，不

如果诗词会讲故事·先秦篇

素餐兮，商先生之谓也。"意思是说：商容不肯做那种不劳而获的官员，能够自我反省而不错误估计自己的能力，真是个君子啊。

"彼君子兮，不素餐兮"出自《诗经》的《伐檀》，这句话本意是反讽，用来讽刺那些不为百姓谋幸福的官老爷。诗的第一段是这样写的：

坎坎伐檀兮，置之河之干兮。

河水清且涟猗。

不稼不穑，胡取禾三百廛兮？

不狩不猎，胡瞻尔庭有县貆兮？

彼君子兮，不素餐兮！

诗的意思是说：我们砍伐檀树，一棵一棵码在河岸上。河水清清流，微波轻轻荡。那些大老爷不耕不种，不狩不猎，什么活也不干，为什么屋里却堆放着粮食，悬挂着猪獾？是君子，就不会天天不劳而获！

桐叶封弟

载 见 （选自《诗经·周颂》）

[先秦] 佚 名

载①见辟王②，曰求厥章。

龙旂③阳阳④，和铃⑤央央⑥。

鞗⑦革有鸧⑧，休⑨有烈光⑩。

率⑪见昭考，以孝以享。

以介眉寿，永言保之，思皇多祜。

烈文⑫辟公⑬，绥以多福，俾缉熙于纯嘏⑭。

注释

① 载（zài）：开始。

② 辟王：君王。指周成王。

③ 龙旂（qí）：画有蛟龙图案的旗，旗竿头系铃。

④ 阳阳：色彩鲜明的样子。

⑤ 和铃：挂在车轼前的铃。

⑥ 央央：铃声和谐。

⑦ 鞗（tiáo）革：马络头的铜饰。

⑧ 鸧（qiāng）：马辔头上铜饰的光彩。

⑨ 休：美。

⑩ 烈光：光亮。

⑪ 率：带领。

⑫ 烈文：辉煌而有文德。

⑬ 辟公：诸侯公卿。

⑭ 纯嘏（gǔ）：大福。

周武王伐纣成功建立周朝之后不久，就不幸生病去世了。他的儿子姬诵继位成为周成王。当时朝堂上举行了隆重的典礼，人们还

唱起了热烈而吉祥的《载见》：

> 载见辟王，曰求厥章。
>
> 龙旂阳阳，和铃央央。
>
> 鞗革有鸧，休有烈光。
>
> …… ……

这几句诗的意思是说：诸侯们开始朝见成王，请求赐予大家法度和典章。飘扬的龙旗展示着鲜明的图案，车辇上的和铃叮当作响，连马匹系缰绳的络头都装饰得金光灿灿，整个仪仗队伍多么威武雄壮。

姬诵当时还是个孩子。参加完即位典礼，他就和自己的弟弟叔虞一起到王宫的花园里玩耍。不一会儿，两个人都累了，就一起坐在一棵大梧桐树下歇息。

这时吹来一阵大风，梧桐叶纷纷随风飘落。周成王捡起一片落在身边的阔叶，用小刀切成一个"圭"（guī）字，便随手送给了叔虞，开玩笑地说道："我要封给你一块土地，这片'圭'字的叶子就是信物。"

叔虞一听就当了真，蹦蹦跳跳地拿着这片梧桐叶就去找他们的叔父周公旦，高高兴兴地说："哥哥封了我一块土地。"

周公旦当时帮助周成王管理朝政，听到叔虞的话，就立即更换了上朝的礼服，郑重地赶到宫中去，弯腰行礼，向周成王表示感谢。

周成王早忘了自己和小弟弟说的玩笑话了。见周公旦来谢恩，他一愣，十分不解地向叔叔发问："您穿这么庄重的礼服，向我谢

什么恩啊？"

　　周公旦说："我刚刚听叔虞告诉我，您准备册封他一片土地。我怎能不赶来向您谢恩呢？"

　　年幼的周成王哈哈一笑，这才想起来他们在梧桐树下玩游戏这件事，说道："我是逗弟弟玩的，并没有真的想分封土地给他啊。"

　　周公旦听了，马上变了脸色，很严肃地对周成王说："我们做事情，要讲究一个信字。何况您现在已经成了君王，更不能说话不算数。不然，天下的老百姓还怎么相信您呢？"

　　周成王听了叔父的这番教诲，马上认识到自己的错误。他和叔父一起商量，最后真的选择吉日，把唐地正式分封给叔虞，叔虞从此就被称为"唐叔虞"。他长大以后，带领唐国的百姓兴修水利，改良农田，办了很多好事，深受大家爱戴。

　　叔虞去世后，他的儿子即位。因为国境内有一条晋水，他就把国号改为了晋国。现在的山西省被简称为"晋"，就是从这里来的。口封叔虞的故事，又叫"桐叶封弟"，一直流传到了今天。

如果诗词会讲故事·先秦篇

周公斥鸱鸮

鸱 鸮（选自《诗经·豳风》）

[先秦] 佚 名

鸱鸮①鸱鸮，既取我子，无毁我室。

恩②斯勤斯，鬻③子之闵④斯。

迨天之未阴雨，彻⑤彼桑土⑥，绸缪牖⑦户。

今女下民，或敢侮予？

予手拮据⑧，予所捋荼，

予所蓄⑨租，予口卒⑩瘏，曰予未有室家⑪。

予羽谯谯⑫，予尾翛翛⑬，予室翘翘⑭，

风雨所漂摇，予维音哓哓⑮！

注释

① 鸱鸮（chīxiāo）：猫头鹰。

② 恩：尽心之意。

③ 鬻（yù）：通"育"，养育。

④ 闵：病。

⑤ 彻：通"撤"，取。

⑥ 桑土：土通"杜"，根。

⑦ 牖（yǒu）：窗。

⑧ 拮据（jiéjū）：此指鸟脚爪劳累。

⑨ 蓄：积聚。

⑩ 卒：通"悴"，劳累、尽瘁。

⑪ 室家：指鸟窝。

⑫ 谯（qiáo）谯：羽毛疏落的样子。

⑬ 翛（xiāo）翛：羽毛枯散无光泽的样子。

⑭ 翘（qiáo）翘：危而不稳的样子。

⑮ 哓（xiāo）哓：惊恐的叫声。

周武王的儿子姬诵即位之时还是个孩子，无力处理朝政，于是他的叔叔周公旦摄（shè）政，辅助成王处理国家政务。周公的工作非常辛苦和繁忙，他说自己"一沐三捉发，一饭三吐哺（bǔ），起以待士，犹恐失天下之贤人"。意思是说：自己洗一次头要多次握起湿头发，吃一顿饭多次吐出正在咀嚼的食物，因为忙着接待贤士，这样还怕失掉天下贤人。可是没想到，一大波针对他的流言忽然袭来，很快传遍了都城内外。大臣们议论纷纷，连成王也半信半疑。

当年武王伐纣之后，命纣王的儿子武庚（gēng）管理殷商的遗民，又派弟弟管叔、蔡叔监督着武庚。等到周公帮助成王管理朝政之后，管叔、蔡叔很不服气，于是就和武庚勾结起来，想一起给周朝搞点儿事情。他们首先四处散布流言，说周公有篡（cuàn）位的野心。这流言编造得像真的一样，而且越传越盛，连和周公一起辅佐朝政的二哥召公也来问他："四弟，这些流言是怎么回事？"

周公告诉召公说："哥哥，我不避嫌疑，是因为一颗报国丹心。现在人心浮动，国家危急，我们之间不能互相猜忌，要同心协力。"

说服了召公，周公又深入调查，才发现谣言是从武庚和自己的两个弟弟管叔、蔡叔那里传来的。周公又调查出武庚准备谋反的证据，于是决定亲自带兵前去讨伐。临别的时候，为了向成王表明自己的心意，他便写下了这首流传至今的《鸱鸮》：

鸱鸮鸱鸮，既取我子，无毁我室。

恩斯勤斯，鬻子之闵斯。

如果诗词会讲故事·先秦篇

…… ……

予羽谯谯，予尾翛翛，予室翘翘，

风雨所漂摇，予维音哓哓！

　　这首诗被称为中国最早的一首动物寓言诗歌。"鸱鸮"指的便是猫头鹰。诗中描写了一只母鸟被猫头鹰侵害的愤怒和保护自己的幼鸟的决心。周公假托弱鸟的口吻对猫头鹰进行了斥责，实际上是把自己比喻成了受到猫头鹰欺凌的弱鸟，把周王室比喻成弱鸟的窝，把周成王比喻成幼鸟，把武庚等人比喻成了猫头鹰。这里节选了全诗开头和结尾的两节，意思是说：猫头鹰啊大坏鸟，已抓走我的孩子，别再毁我的窝巢。我每天辛辛又苦苦，为了儿女日夜操劳。……我的羽毛枯槁，我的尾羽稀少。我的窝巢危险，在风雨中飘摇，只能声声悲嚎。

周成王读到这首诗后，明白了周公的一片苦心，心里很惭愧，也就不再猜忌了。

召公为了劝告管叔和蔡叔，写了一首《常棣》，其中写道：

常棣（dì）之华，鄂不韡（wěi）韡。

凡今之人，莫如兄弟。

…… ……

脊令（jí líng）在原，兄弟急难。

每有良朋，况也永叹。

兄弟阋（xì）于墙，外御其务。

每有良朋，烝（zhēng）也无戎。

…… ……

意思是说：常棣花开朵朵鲜，花萼花蒂同根生。天下的人有多少，怎能比得兄弟好。鹡鸰鸟儿困高原，兄弟来了难即消。平时虽是挚友情，安慰同情叹声高。兄弟争斗在内墙，一同联手斗外强。酒肉朋友时常在，事到临头无人帮。

可惜，召公的《常棣》并没有感动管叔和蔡叔。他们非但不肯认错，还下定决心和武庚一同谋反。于是周公就带领部队前去征讨。经过三年激烈的战斗，周公的部队平定了武庚的叛乱，杀死了武庚和管叔，活捉蔡叔。

后来周公把蔡叔流放到了很远的地方，来惩罚其谋反之罪。

黎侯寓卫

式微（选自《诗经·邶风》）

[先秦]佚名

式①微②式微，胡不归？
微君之故，胡为乎中露③？
式微式微，胡不归？
微君之躬，胡为乎泥中？

注释

① 式：发语词。
② 微：衰落，黄昏或天黑的样子。
③ 中露：在露水中。

传说黄帝在涿（zhuō）鹿大战蚩（chī）尤，蚩尤部下的九黎部落战败后，并没有四处逃散，而是躲到穷乡僻壤，建立了一个国家，被称为"黎国"。我们现在常说的"黎民百姓"这个词，最初指的就是古代的黎国人。

"黎"的原意是黑发人的意思，也就是说黎国是黑发人的发祥地。早在殷商时期，黎国就已经是一个诸侯国了。商朝末年，纣王还在黎国举行了一次阅兵仪式，借机逼迫各地诸侯向他供奉礼物。

黎国是殷商的铁杆朋友。因为国君勤政爱民，百姓安居乐业，不仅没有因为殷商的衰弱受损失，反而越来越强大了。所以，积极准备伐纣大计的周文王就认为，黎国人口众多，国力强大，灭商之前应该先把黎国灭掉以免后患。所以，周文王就以"黎侯不从王命"为借口，亲自带兵去"戡（kān）黎"，也就是讨伐黎国，但是激战数月，却没有什么效果。传说是因为黎国有一只神奇的玉虎保佑，所以久攻不下。于是周文王派了一个人假扮成黎国百姓混入黎王住处，偷偷盗走了玉虎。随后周文王带军进攻，很快就取得胜利。

周文王的儿子周武王做了君主之后，带领西周兵马完成了灭商大业。而黎国实际已经不存在了，周武王让朝歌的殷商遗民到黎国地区去开垦，允许他们建立了一个小的诸侯国，仍然沿用黎国的名称，国君被称为"黎侯"。

公元前 663 年，黎侯因为昏聩（kuì）无能、玩物丧志，被北方赤狄（dí）建立的潞子国趁虚而入。黎侯平时优游顽懦（nuò），根本不是赤狄的对手，只好带领贴身的臣子们一起逃亡到了卫国。卫国是黎国的邻国，当时也受到狄人的威胁，所以卫国国君卫懿（yì）公热情地招待了他们，还特意拨出两块土地供他们暂住避难。

在卫国的生活比较安逸，黎侯待得时间长了，就不再想回国报仇的事情了。后来赤狄在黎国折腾了一段时间，就撤退了。跟着黎侯逃亡的大臣就极力劝谏，希望他能带领大家重整旗鼓，一起回去复兴黎国。后来，一位大臣为他吟唱了一首《式微》。诗是这样写的：

式微式微，胡不归？

微君之故，胡为乎中露？

式微式微，胡不归？

如果诗词会讲故事·先秦篇

微君之躬，胡为乎泥中？

　　意思是说：天已经这么黑了，为什么还不回家？如果不是为了君主的缘故，谁还在露水中忍受？为什么还不回家？如果不是为了君主的缘故，谁还在泥浆中跋（bá）涉？这首诗委婉地提醒黎侯，不能消磨自己的志向。黎侯因为各种原因，还是没能回黎国，被迫在外面流亡了几十年，直到最后晋国灭掉潞子国，黎侯的后代才离开卫国，重建了黎国。

白旄之悲

二子乘舟（选自《诗经·邶风》）

[先秦] 佚 名

二子乘舟，泛泛①其景②。
愿言思子，中心养养③！
二子乘舟，泛泛其逝。
愿言思子，不瑕有害！

注释

① 泛泛：漂荡的样子。
② 景：漂流渐远的样子。
③ 养养：心中忧愁。

卫宣公的大儿子叫伋（jí），被立为太子。他的继母叫宣姜，是个貌美心毒的女人。她一连给卫宣公生了两个儿子，一个叫寿，一个叫朔。寿和伋虽然不是一个母亲生的，但他们兄弟俩非常友爱，而朔非常坏，经常在宣姜面前讲伋的坏话，怂恿（sǒngyǒng）母亲去找父亲闹，让父亲废黜（chù）太子，好让自己能够有机会成为国君。卫宣公最终听信了宣姜和朔的谗（chán）言，准备杀害公子伋。

公元前 701 年，齐国进攻纪国，齐国国君是宣姜的父亲，所以卫宣公也派兵和齐国一起讨伐纪国。

大战之前，卫宣公命令太子伋出使齐国，并且把一个挂着白旄（máo）的使节授给他。使节是特殊外交身份的标志，伋不知道这是卫宣公设下的陷阱。在卫国到齐国的路上，卫宣公和朔安排了杀手，杀手们见到白旄就要动手杀掉携白旄之人，以此顺理成章地除掉伋。

不料，这件事让寿知道了。他跟太子伋感情很深，就赶紧跑到伋那里报信，劝他赶紧逃走，千万不要去齐国出使了。但太子伋怎么也不相信父亲会派人杀掉自己，并且说："我作为儿子，是必须听从父亲的命令的，这样才是孝。如果我把父亲交给我的使命扔在一边跑掉了，那就是逆子。再说，我即使跑，又能跑到哪儿去呢？"他坚决不听寿的劝告，按原来的计划出发。

寿急了，就假装为伋摆酒送行，把伋灌醉后，他就拿了哥哥的白旄使节，替哥哥上船去齐国，同时给哥哥留了一封告别的信。

果然，寿一去就碰到了那些凶恶的杀手。他们见到寿手里的白旄使节，就动手把他杀了，还把他的头割下放在木盒里，准备去卫宣公那里领赏。

等太子伋醒过来之后，看到弟弟留给他的信，赶紧乘船前去追

赶寿，结果在路上就与杀手相遇了。太子伋见到弟弟的头，知道自己没能救回弟弟，非常悲伤，放声大哭，说："白旄本来是我的，我才是太子伋，你们杀我好了，这是我弟弟，你们为什么杀他？"

杀手们知道杀错了，就把太子伋也杀了，然后把两个公子的头装好，一起交给卫宣公。卫宣公听到伋和寿同时被杀，吓了一跳，就说："宣姜害了我！宣姜害了我！"不久，他就得病死去了，只好由朔继承王位。

卫国的人非常同情伋和寿的悲惨遭遇，又不敢明白表露自己的心情，就编了一首《二子乘舟》，到处传唱。诗的原文是这样的：

二子乘舟，泛泛其景。

愿言思子，中心养养！

二子乘舟，泛泛其逝。

愿言思子，不瑕有害！

意思是说：两个公子啊坐上小船，悠悠缓缓啊飘向远方。把你想念啊祝你平安，心神不宁啊烦躁不安！两个公子啊坐上小船，悠悠缓缓啊终于不见。把你想念啊祝你平安，担心路上啊遇到灾难！

读到《二子乘舟》，就会想到伋和寿的故事。卫宣公、宣姜和朔如果不存害人之心，而是和谐相处，团结友爱，也就不会发生白旄的悲剧。

许穆夫人

载 驰（节选自《诗经·鄘风》）

[先秦] 许穆夫人

载驰载驱，归唁卫侯①。

驱马悠悠②，言至于漕。

大夫③跋涉，我心则忧。

既不我嘉④，不能旋反。

视⑤尔不臧⑥，我思⑦不远⑧。

既不我嘉，不能旋济⑨？

视尔不臧，我思不閟⑩。

注释

① 卫侯：作者之兄，已死的卫戴公申。

② 悠悠：形容道路悠远。

③ 大夫：许国赶来阻止许穆夫人去卫国的臣子。

④ 嘉：认为好，赞许。

⑤ 视：表示比较。

⑥ 臧（zāng）：善。

⑦ 思：忧思。

⑧ 远：摆脱。

⑨ 济：止。

⑩ 閟（bì）：通"闭"，闭塞不通。

许穆夫人是春秋时期卫国人，生于朝歌，长于朝歌，嫁给许国的许穆公后，人称许穆夫人。她是《诗经》中《载驰》一诗的作者，被称为我国历史上第一位爱国女诗人。许穆夫人嫁到许国后，无时无刻不在思念自己的祖国，她经常在诗歌中倾诉对故乡的思念和牵挂。

　　后来，许穆夫人日夜思念的家乡卫国出事了。她的哥哥卫懿公是中国历史上著名的昏君之一。他根本不理朝政，终日奢靡（mí）淫乐，痴迷养鹤，甚至荒唐到把鹤封为"将军"，享受比士大夫还要优渥（wò）的待遇，出巡时随同的鹤可以乘坐华丽的车辆。为了供养这群白鹤，他还额外向百姓征收"鹤捐"，激起卫国国民的强烈不满。卫国每况愈下，一天天衰败下来。北方狄族看到卫国岌（jí）岌可危，便于公元前660年入侵卫国。卫懿公征调民众抵抗，老百姓和军队的将士都不肯为他卖命出征，说："叫你的鹤将军去杀敌好了。"卫国很快灭亡了，卫懿公也死于乱军之中。难民们渡过黄河，逃到南岸的漕邑（今河南省滑县），拥立许穆夫人的另一个哥哥为国君，这就是卫戴公。

　　许穆夫人听到卫国国破君亡的噩（è）耗之后，特别难受，恨不能立刻插翅飞回家乡。她去请求自己的夫君帮忙，许穆公却怕引火烧身，不敢出兵。后来因为怕得罪狄人，许国仅仅派了一个使者

如果诗词会讲故事·先秦篇

到漕邑去，非常敷衍地吊唁（yàn）。

许穆夫人怒不可遏（è），她叫上随嫁的姬姓姐妹，毅然驾车奔卫，表示要共赴国难。许国一些大夫听说了这件事，怕她给卫国惹事，竟然驾车追赶，试图拦阻许穆夫人，夫人非常激愤，于是写下了《载驰》一诗，对这些大夫进行了严厉斥责：

> 载驰载驱，归唁卫侯。
>
> 驱马悠悠，言至于漕。
>
> 大夫跋涉，我心则忧。
>
> 即不我嘉，不能旋反。
>
> 视尔不臧，我思不远。
>
> 既不我嘉，不能旋济？
>
> 视尔不臧，我思不閟。

意思是说：我骑着马儿快快跑，回老家把卫侯哀悼。我赶着马儿路遥遥，盼望能快点儿到达漕邑。几位大官跋涉来到，挡我行程让我烦恼。虽然谁也不赞同我，我也不能就此返回。比起你们心不善，我的思念不会减少。虽然谁也不说我对，我也不能就此歇脚。比起你们心不善，我的思念不会停止。

那些大夫无言以对，只得灰溜溜地回去了。诗中她还向大国呼吁，请求救援卫国：

> 我行其野，芃芃其麦。
>
> 控于大帮，谁因谁极？

一个为拯救祖国奔走呼吁的爱国女英雄形象，跃然纸上。

经过四五百里路的长途跋涉，许穆夫人从许国回到卫国，立即向她的兄长卫戴公建议，向齐国求救。后来齐桓公答应了卫君的请求，派遣公子无亏率车三百乘（shèng）、甲士三千人来支援卫国，帮助卫国收复北方失地。卫国于公元前658年，在楚丘（今河南省安阳市滑县东）重新建立都城。从此，卫国又复兴起来。

卫戴公在许穆夫人的帮助下励精图治，轻徭（yáo）薄税，布衣帛冠，粗食菜羹（gēng），早起晚息，把卫国治理得非常好。许穆夫人一心报国的精神，也受到人们的赞扬。

许穆夫人的《载驰》也和《竹竿》《泉水》等诗一起，被孔子收入《诗》，数千年来，一直为历代读者传诵。

宁戚饭牛

饭牛歌（节选）

[先秦] 宁 戚

南山矸，白石烂，生不遭尧与舜禅。
短布单衣适至骭，从昏饭牛薄夜半，
长夜漫漫何时旦？

春秋时期的卫国，有一个很有才能的人，叫宁戚。他听说齐桓公在招揽人才，就想到齐国去做一番事业。但因为家里贫穷，缺少路费，他只得为富商赶牛，在路上几经辗转，终于到了齐国。

公元前 680 年春天，恰好齐国要去攻打宋国，齐桓公派管仲先带着一部分军队出发。管仲走到猃（náo）山，遇到了一个奇怪的小伙子。这个小伙子一边放牛，一边唱着《饭牛歌》。管仲正在惊异，放牛的小伙子忽然喊话过来："车上坐的可是齐相管仲？听说管相国礼贤下士，有谦谦君子之风，今日居高临下，矜（jīn）持傲慢，让人大失所望。"管仲于是问他叫什么名字，放牛的小伙子微微一笑，说："卫国的一个老百姓，名叫宁戚。"管仲立即走下车来和宁戚交谈，发现他气宇轩昂，谈吐不凡，果然是个人才。管仲很高兴，就为他写了一封信，告诉他过几天齐桓公会带领大部队经过这里，请他拿着这封信去找齐桓公，必受重用。

过了几天，齐桓公带领的大部队果然来到了这里，队伍浩浩荡

荡，排场很大。别的老百姓远远就避开了，宁戚却不慌不忙，继续悠然自在地喂牛。等到远远地望见齐桓公车马的时候，他就一边敲着牛角，一边高声唱起了悲怆（chuàng）的《饭牛歌》，歌的第一段是这样写的：

南山矸（gān），白石烂，生不遭尧与舜禅。

短布单衣适至骭（gàn），从昏饭牛薄夜半，

长夜漫漫何时旦？

歌的意思是说：我就像南山里的一块白色的石头，在石头们中间非常显眼，可惜我没有遇到尧舜那样的帝王，无法施展我的才华。我只能穿着又短又小的单薄衣服，露着长长的小腿，从早到晚放牛为生，这长长的夜晚什么时候才能到早晨啊……

这歌声激昂悲凉，让齐桓公很感动。他仔细思考歌词，觉得似乎又有讽刺的味道，于是说："唱歌的这个人不一般啊！"就让手下人把宁戚一起带走。

第二天，齐桓公召见宁戚，宁戚谈论如何治理国家的主张，讲得头头是道。齐桓公非常高兴，准备任用宁戚当个大官。旁边的大

如果诗词会讲故事·先秦篇

臣提醒齐桓公，说："这个人是卫国人，需不需要再考察一下？"
齐桓公摆摆手，用很坚决的口气说道："用人不疑！"这时宁戚才
从衣袖中取出管仲的推荐信，慢慢呈递给齐桓公。齐桓公看完管仲
的信，埋怨着说道："为何不早早拿出来？"宁戚说："贤君择人
为佐，贤臣亦择主而辅。"齐桓公听后更加高兴了，立即任命宁戚
为大夫，后来又让他担任大司田，专门管理全国的农事。他工作认
真负责，成就很大，被称为桓公身边的"五杰"之一。

庄姜送别

硕人① (节选自《诗经·卫风》)

[先秦] 佚 名

手如柔荑②，肤如凝脂，
领③如蝤蛴④，齿如瓠⑤犀，螓首⑥蛾眉⑦。
巧笑倩⑧兮，美目盼⑨兮。

注释

①硕人：高大白胖的人，美人。当时以身材高大为美。此指卫庄公夫人庄姜。
②荑（tí）：白茅之芽。
③领：颈。
④蝤蛴（qiúqí）：天牛的幼虫，色白身长。
⑤瓠（hù）犀：瓠瓜子儿，色白，排列整齐。
⑥螓（qín）首：形容前额丰满开阔。螓，似蝉而小，头宽广方正。
⑦蛾眉：蚕蛾触角，细长而曲。这里形容眉毛细长弯曲。
⑧倩：嘴角间好看的样子。
⑨盼：眼珠转动，一说眼儿黑白分明。

春秋时，卫国国君庄公娶了齐国国君的女儿庄姜。她出嫁的时候，婚礼非常隆重。整个卫国的人都恭恭敬敬地欢迎她，还有诗人专门写了一首名叫《硕人》的诗赞美她，说她：

手如柔荑，肤如凝脂。

领如蝤蛴，齿如瓠犀，螓首蛾眉。

巧笑倩兮，美目盼兮。

意思是说：她的手像纤纤的柔荑一样娇嫩，皮肤像凝固的油脂一样白皙，脖颈像蝤蛴一样洁白丰润，牙齿像瓠瓜子一样又白又齐。

她的额头方正，眉毛弯弯，微微一笑动人心，轻轻眨眼摄人魂。

庄姜不仅人长得美丽，品德也好，但是可惜不会生育，没有自己的孩子。

后来卫庄公又娶了陈国的女子戴妫（guī），生了一个儿子，叫完。庄姜一直以来都与戴妫关系融洽，亲如姐妹。公子完品性忠厚，庄姜十分喜欢他，把他当成自己的儿子一样疼爱。后来卫庄公的另一位宠妾又生了一个儿子，取名叫州吁（yù）。州吁受到卫庄公的溺爱，平时不喜欢读书，爱舞枪弄棒，而且好跟人打架。庄姜和卫国的大臣石碏（què）多次劝告卫庄公管管州吁，不要太溺爱这个孩子，以免日后走邪路。但是卫庄公太喜欢州吁了，根本不听从庄姜的劝告。

卫庄公死后，公子完继位当了国君，就是卫桓公。这时候，公子州吁更加骄横了，甚至还带人袭杀卫桓公，随后自己当了卫国的国君，成为春秋时期第一位弑君篡位成功的公子。

公子州吁虽然登上了国君之位，但既无德行又无恩惠，国人不服，议论纷纷。他不仅不反思自己的行为，还继续办坏事，甚至还下令把完的妈妈戴妫赶回陈国去。

庄姜送戴妫到郊野，望着戴妫南归的身影，非常伤心。这时，天空中飞翔着的燕子呢喃地叫了起来，声音非常凄美。庄姜想到戴妫被遣返回娘家，又想到自己必须遵守当时的礼法不能回娘家，还要在州吁手底下屈辱求生，因此更加悲伤了。触景生情，庄姜吟诵出一首名叫《燕燕》的诗，前两段是这样写的：

　　燕燕于飞，差（cī）池其羽。

　　之子于归，远送于野。

　　瞻望弗及，泣涕如雨！

　　燕燕于飞，颉（xié）之颃（háng）之。

　　之子于归，远于将之。

　　瞻望弗及，伫（zhù）立以泣！

　　意思是说：燕子啊燕子在天上飞翔，好妹子啊今天却被赶回娘家。我送你到郊野路旁，直到看不见你的身影了，我的眼泪还是像下雨一样……

　　后来，公子州吁因为不得人心，被石碏施巧计骗到陈国，被陈国国君捉住了。陈国国君把公子州吁交给卫国人处理，卫国人就把他处死了。卫国终于安定了下来。

　　庄姜创作的这首《燕燕》感动了很多人，很快就在卫国内外传诵起来，后来孔子把这首诗也收进了《诗》，一直流传到今天。

大义灭亲

击 鼓 （节选自《诗经·邶风》）

[先秦] 佚 名

爰①居爰处？爰丧②其马？

于以③求之？于林之下。

死生契阔④，与子成说⑤。

执子之手，与子偕老。

于嗟阔兮，不我活⑥兮。

于嗟洵⑦兮，不我信⑧兮。

注释

① 爰：在哪里。

② 丧：丧失，此处言跑失。

③ 于以：在哪里。

④ 契阔：契，合；阔，离。

⑤ 成说：誓约。

⑥ 活：借为"佸"，相会。

⑦ 洵（xún）：远。

⑧ 信：守信，守约。

公元前 719 年，卫国的州吁杀死了哥哥卫桓公，自立为君，并拜原来的大夫石碏的儿子石厚为大夫。石厚小时候就不是正人君子，经常和州吁一起为非作歹。石碏曾经严厉地管教他，有一回甚至把他鞭责五十，锁在房间里不许出来。谁知石厚翻墙出来，投奔到州

吁那里，继续和州吁一起做坏事。

现在州吁做了君主，石厚做了大夫，这两个人更是无法无天，谁也管不了。州吁杀兄篡位的事情很多人都知道，为了转移人们的不满情绪，石厚就出了个坏主意：让卫国去讨伐郑国。一打仗，人们就不会纠结州吁杀兄这件事了。

于是，州吁封石厚为先锋，调集战车一千三百辆，挑起和郑国的战争。老百姓被无端卷入一场战争，承受各种困苦，忍受生离死别，心中都对州吁充满了怨恨，于是就有一首《击鼓》在卫国流传。这首诗中有这么几句非常著名：

爰居爰处？爰丧其马？

于以求之？于林之下。

死生契阔，与子成说。

执子之手，与子偕老。

于嗟阔兮，不我活兮。

于嗟洵兮，不我信兮。

此诗歌唱了出征在外的两位战友彼此所作的生死约定，表达了他们希望在战场上共同进退，最后都能平安回家的愿望。古人提到这首诗时，用了四个字的评价："怨州吁也。"可见人们对州吁的愤恨之情是多么强烈。

这首诗也传到了州吁的耳朵里，他意识到老百姓对他还是有怨气，就问石厚有什么好办法，石厚想起自己的父亲很有威望，就回家请教石碏。石碏假装想了一下，就给他们出了个主意："你们可以去邻国陈国，请陈国的国君帮助州吁得到周天子的承认，这样州吁的君主地位就名正言顺了。"随后，石碏又暗地里给陈国的大夫子针写了一封血书，历数州吁和石厚的罪状，请求陈国帮忙把这两个人抓住正法。

后来，州吁和石厚真的来到陈国求助，陈国就把他们抓了起来，请卫国人给他们定罪。有人跟石碏说："州吁可以杀掉，石厚可以从轻发落。"石碏一听，非常生气，大声说道："诸位是不是怀疑我要袒（tǎn）护自己的儿子？如果不严厉惩罚这个逆子，我以后还有什么脸面去见祖先！我就是要大义灭亲，请大家能够理解我的心情！"

随后，他就派家里的老仆人獳（nòu）羊肩代表自己去陈国拔剑斩了石厚。这就是"大义灭亲"这个典故的来历。

扁鹊问病

板（节选自《诗经·大雅》）

[先秦]佚 名

天之方虐，无然谑谑①。
老夫灌灌②，小子蹻蹻③。
匪④我言耄⑤，尔用忧谑。
多将⑥熇熇⑦，不可救药。

注释

① 谑谑（xuè）：嬉笑的样子。

② 灌灌：诚恳的样子。

③ 蹻（jiǎo）蹻：傲慢的样子。

④ 匪：非，不要。

⑤ 耄（mào）：八十为耄。此指昏愦。

⑥ 将：行，做。

⑦ 熇（hè）熇：火势炽烈的样子，此指一发而不可收拾。

扁鹊是春秋战国时期的一位名医。有一次，扁鹊路经虢国，正碰上虢太子死了。扁鹊问："太子什么时候死的？"有人回答说："还不到半天呢！"扁鹊说："请禀（bǐng）告国君，我也许能使太子复活。"那人说："你不会是胡说八道吧？"扁鹊说："如果怀疑我，你们可以赶紧进去诊视太子，应会听到他耳有鸣响，看到他鼻翼扇动。"

那人把扁鹊的话告诉虢君，虢君立刻接见扁鹊，说着说着话就悲伤难抑，哗哗流下泪来。扁鹊说："我判断太子得的病就是人们所说的'尸厥'。太子实际没有死。"于是，他就叫学生子阳磨砺针石，取穴百会下针。过了一会儿，太子就苏醒了。随后又让学生子豹准备能够入体五分的药熨，再混合一些药剂进行煎煮，在太子两胁下交替熨敷，太子很快能够坐起来了。后来，虢国太子吃了二十多天的汤药，身体就恢复得和从前一样了。

人们纷纷称赞扁鹊能使死人复活。扁鹊却说："予非能生死人也，特使夫当生者活耳。"意思是说，自己没有使死人复活的办法，因为太子本来并没有真正死去，医生所做的只是帮助他恢复健康罢了。

扁鹊离开虢国后，就到了齐国。他到朝廷拜见齐桓侯时说道："您有小病在皮肤和肌肉之间，不治将会深入体内。"桓侯听了很不高兴，说道："我没有病。"扁鹊走出宫门后，桓侯对身边的人说："医生喜欢给没病的人治病，以此显示自己的本领。"

过了十天，扁鹊再去见桓侯，说："您的病已在肌肉里，不治恐怕会深入体内。"桓侯更不高兴了，气呼呼地说道："我没有病。"

接下来又过了十天，扁鹊又去见桓侯，很焦急地提醒他说："您的病已在肠胃间，不治将更深入体内。"齐桓侯还是不肯治疗。

后来又过了十天，扁鹊看见桓侯就向后跑走了。桓侯派人问他跑的缘故。扁鹊说："疾病在皮肉之间，汤剂、药熨的效力就能达到治病的目的；疾病在肌肉中，针刺的效力就能达到治病的目的；疾病在肠胃中，汤药的效力就能达到治病的目的；疾病进入骨髓（suǐ），就是掌管生命的神也无可奈何。现在疾病已侵入骨髓，已经不可救药，我因此不再要求为他治病。"

接着又过了五天，桓侯身上的重病果然开始发作，他赶紧派人去召请扁鹊，扁鹊已离开齐国。齐桓侯于是病死了。

扁鹊引用了诗句"不可救药"，这句诗出自《诗》的《板》。原诗较长，其中几句是：

天之方虐，无然谑谑。

老夫灌灌，小子蹻蹻。

匪我言耄，尔用忧谑。

多将熇熇，不可救药。

"不可救药"后来成为了成语，经常被人们引用，意思是遇到那些真正的绝症，医药也无能为力。

埋蛇的孩子

小 宛^①（节选自《诗经·小雅》）

[先秦] 佚 名

温温恭人^②，如集于木^③。
惴惴^④小心，如临于谷。
战战兢兢，如履薄冰。

注释

① 宛：小的样子。
② 恭人：谦逊谨慎的人。
③ 如集于木：像鸟之集于树木，惧怕坠落。
④ 惴（zhuì）惴：恐惧而警戒的样子。

　　春秋时期的楚国，有一个名叫孙叔敖的小孩。有一次他在田野里游玩，突然看见一条长着两个头的蛇，就杀死它，用土把蛇的尸体深深地掩埋起来，一边伤心地哭着，一边急匆匆跑回家里。

　　他的母亲问他为什么哭得这么伤心，他回答说："我听大人们说过，谁看见长两个头的蛇，谁就必定要死。我刚才看见了一条两头蛇，恐怕我要离开母亲您了。"

　　他母亲赶紧把他搂在怀里，悄声细语地说："蛇现在在哪里？"

　　孙叔敖说："我担心别人再看见它，也会死掉，就把那条蛇杀死埋进了泥土里。这样别人就不会再看见它，也不会死掉了。"说完，就继续大哭起来。

孙叔敖的母亲点点头，安慰他说："孩子不怕。我听说心地仁慈的人，是不会遭遇厄（è）运的。你觉得自己都快死了，还惦记别人的安危。如此善良的好孩子，你肯定是不会死的。"

其实见到双头蛇就会死人，只是一种迷信的说法，根本不用真的放在心上。但是孙叔敖埋蛇的故事很快传开来，大家都称赞他是关心别人的好孩子。等到孙叔敖长大成人后，经人举荐，成为楚国的令尹，也就是宰相。他仁慈公正，勤勤恳恳，很受人们爱戴。

当上令尹不久，孙叔敖到偏远的狐丘邑去视察。一下车，就遇到一位严肃而博学的老先生求见，人们称他为"狐丘丈人"。

孙叔敖请狐丘丈人和自己坐在一起，问他有什么事情。狐丘丈人对孙叔敖说："我没有自己的事情，只是有几句话想送给你。我听说世上有三利必有三害，你知道是怎么回事吗？"孙叔敖惊讶地说："不知道啊。请问什么是三利，什么是三害？"狐丘丈人说："爵位高的，同僚会嫉妒他；官职大的，君主会提防他；俸禄厚的，人们会怨恨他。这就是三利和三害。"孙叔敖微微摇头，说："我的爵位越是高，心志越在下层；我的官职越大，行事越加小心；我的俸禄越多，助人越加广泛。这样可以免害了吧？"狐丘丈人点点头，表示赞许说："说得好啊！这样做就对了。希望你能记住《诗》中的这几句话：'温温恭人，如集于木。惴惴小心，如临于谷。'"孙叔敖向狐丘丈人连连道谢。两人一见如故，谈论了好久。

狐丘丈人提到的诗句出自《诗经》中的《小宛》，最后一节是

如果诗词会讲故事·先秦篇

这样写的：

温温恭人，如集于木。

惴惴小心，如临于谷。

战战兢兢（jīng），如履薄冰。

意思是说：温和谦恭的人，就像站在大树上面。要时刻警戒，小心谨慎，就像走在深谷旁边。每一步都小心翼翼，就像走在薄薄的冰层上面。

狐丘丈人引用这几句诗，实际是提醒孙叔敖在名誉、地位、金钱等面前要保持谦虚和谨慎的态度。

孙叔敖不仅在做官时小心恭谨，不出差错，在处理国家大事时也考虑得十分周全。有一回，楚国的君主要发兵讨伐晋国。孙叔敖考虑到当时楚国征讨晋国的时机并不成熟，于是就找到楚王，给他讲了一个螳螂捕蝉的故事。他说："我家园子里有一棵榆树，上面有一只蝉。蝉正拍着翅膀唱歌呢，不知道后边有一只螳螂，正弯着脖子准备捉它。那只螳螂正准备品尝蝉的美味，却不知道有一只黄雀在它身后，正准备捉它。这只黄雀刚要把螳螂吃掉，却不知道有一个小童子拿着弹弓正要射它。那个小童子正要射击黄雀，却不知道他的前面有深坑，后面有大洞，动一动就会跌倒。这都是贪眼前之利，而不顾后害者也。"

楚王听明白了孙叔敖故事里的寓意，改变了贸然去攻打晋国的打算，楚国也因此保持了和平稳定。

叔孙豹赋《相鼠》

相鼠（节选自《诗经·鄘风》）

[先秦] 佚 名

相①鼠有皮，人而无仪②。人而无仪，不死何为？

相鼠有齿，人而无止③。人而无止，不死何俟？

相鼠有体，人而无礼。人而无礼，胡不遄④死？

注释

① 相：视，看。

② 仪：威仪，指人的举止作风大方正派。

③ 止：容止，行动的所止，指遵守礼法。

④ 遄（chuán）：快，速速，赶快。

　　春秋时期的鲁国有一位著名的大夫，叫叔孙豹。有人问他什么是不朽，他说："太上有立德，其次有立功，其次有立言，虽久不废，此之谓不朽。"意思是说：一个人在德行、事功、言论的任何一个方面有一定成就，都能美名久远流传，虽死犹生，永远活在人们心中。叔孙豹自己为人处世也非常周全得体，特别讲究礼仪。

　　公元前569年，叔孙豹代表鲁国到晋国访问。晋国国君为他举行了招待宴会。一开始乐队演奏《肆夏》，但叔孙豹的脸上没有什么表情。乐队接着演奏《文王》，叔孙豹也没有鼓掌。直到随后演奏《鹿鸣》，叔孙豹才站起来，非常动情地连续躬身施礼三次。按照周礼，主人向客人献乐歌，每一曲终了，乐师都要停下来，等客人施礼致谢之后，再继续演奏。可是，叔孙豹听了《肆夏》《文王》没有什么反应，听了《鹿鸣》又特别激动，晋国负责接待的大臣韩献子觉得很奇怪，就悄悄地问叔孙豹为什么。

叔孙豹说："《肆夏》是国君招待诸侯王的礼乐，我只是个使臣，不敢去听。《文王》是两国国君会见时的礼乐，我作为使臣也不敢去听。而《鹿鸣》是国君用来奖赏大臣听的乐曲，我怎敢不进行拜谢呢？"晋国的国君知道了叔孙豹这么懂礼仪，非常高兴。

在叔孙豹那个时代，诗常常和礼仪结合在一起。不懂诗，往往会受到别人的嘲笑和戏弄。

公元前546年，齐国的大夫庆封到鲁国来访问。他乘坐的车子非常漂亮，有人见了就很羡慕地夸赞，而叔孙豹却说："仪仗和自己的身份不相称，一定会招来恶果。仅仅车子漂亮又有什么用呢？"庆封大摇大摆地来参加叔孙豹举办的招待宴会，他一会儿扭扭屁股，一会儿晃晃脑袋，表现得很不庄重。叔孙豹实在忍不住了，就说："下面，我来为庆封大夫赋诗一首。"于是，他慢悠悠地朗诵了《诗经》中的《相鼠》：

相鼠有皮，人而无仪。人而无仪，不死何为？

相鼠有齿，人而无止。人而无止，不死何俟？

相鼠有体，人而无礼。人而无礼，胡不遄死？

这首诗的意思是说：老鼠也有皮，人却没威仪。人若没威仪，不如早点儿死。老鼠也有齿，人却无节制。人若无节制，不死待何时？

65

老鼠有身体，人却不知礼。人若不知礼，何不快些"死"？

《相鼠》痛斥那些不知礼义廉耻的人，骂得痛快淋漓。古人宴会上有赋诗唱和的礼仪，按照当时的习惯做法，庆封应当同样赋诗应答叔孙豹，然而他只知道张着大嘴又吃又喝，根本没有听懂这首诗的内容，更不知道叔孙豹在拐着弯儿地讽刺他。等叔孙豹的诗念完了，庆封咧着大嘴，傻乎乎地第一个大声叫起好来。叔孙豹暗暗摇摇头，无奈地笑了一笑。

庆封不懂礼仪，不知进退，一回齐国就遭到了国君的斥逐。

郑伯克段

叔于田（节选自《诗经·郑风》）

[先秦] 佚 名

叔① 于田②，巷无居人。

岂无居人？不如叔也。洵美且仁。

叔于狩③，巷无饮酒。

岂无饮酒？不如叔也。洵美且好。

叔适野，巷无服马④。

岂无服马？不如叔也。洵美且武⑤。

注释

① 叔：古代兄弟次序为伯、仲、叔、季，同辈中年岁较小者统称为叔，此处指年轻的猎人。

② 田：同"畋"，打猎。

③ 狩：冬猎为"狩"，此处为田猎的统称。

④ 服马：骑马之人。

⑤ 武：英武。

　　春秋时期郑国的国君郑武公在申国娶了一位妻子，叫武姜。武姜生了两个儿子，老大郑伯也就是后来的郑庄公，老二名段。段还有个庶兄，因此成了老三。古人把排行第三称作"叔"，所以古书上把段称为叔段。

　　据说郑伯出生的时候母亲难产，受到了惊吓，因此给郑伯取名叫"寤生"，一直很不喜欢他。相反，武姜特别偏爱二儿子段，一

直想让段做世子，以便将来继承王位。她多次向郑武公提出请求，郑武公都没有答应。

后来郑伯即位做了国君，谥号为"庄"，史称郑庄公。此时武姜找到郑庄公，要求他给段一些封赏。郑庄公最后答应把全国最繁华富庶的京邑封给段，让他住在那里，称他为"京城太叔"。

段到了京邑后，就开始招兵买马，还垒高垒厚了原有的城墙。

大夫祭（zhài）仲听说了这件事，就找到郑庄公说道："分封的都城如果城墙超过三百方丈，那就会成为国家的祸害。先王的制度规定，国内最大的城邑不能超过国都的三分之一，中等的不得超过国都的五分之一，小的不能超过国都的九分之一。京邑城墙的建设规模，现在远远超过了这个规定，将来恐怕对您有所不利。"郑庄公说："母亲姜氏想要这样做，我又怎么躲开这种祸害呢？"祭仲提醒说："贪心哪有满足的时候！还不如早些进行处置，免得祸

如果诗词会讲故事·先秦篇

根滋长蔓延。"郑庄公摇摇头，说道："多行不义必自毙（bì）。"意思是说：不义的事情做多了，必定会自己垮台，我们走着瞧吧。

过了不久，段把不归京邑管辖（xiá）的西鄙（bǐ）和北鄙也强行纳入自己的管辖范围。郑庄公的叔叔公子吕实在看不惯，焦急地找到郑庄公，忧心忡（chōng）忡地说道："国家不能有两个国君，现在您打算怎么办？"郑庄公说："不用管他，他自己将要遭到灾祸的。"再后来，段又继续侵占周围的地方，他管辖的土地范围一直都在不停地向外扩展。公子吕说："可以动手了！他的土地扩大了，接下来会去收买人心，您的王位太危险了。"郑庄公说："他对君主不义，对兄长不亲，土地虽然扩大了，也会垮台的。"

果然不出公子吕所料，叔段接下来进行收买人心的工作。在他的授意下，京邑地区开始流传一首名叫《叔于田》的歌谣：

叔于田，巷无居人。

岂无居人？不如叔也。洵美且仁。

叔于狩，巷无饮酒。

岂无饮酒？不如叔也。洵美且好。

叔适野，巷无服马。

岂无服马？不如叔也。洵美且武。

标题《叔于田》中的叔，据说指的就是叔段。这首诗从仁义、形象、武功等各方面对叔段进行了赞美。意思是说：叔段去耕田、打猎、驯马，大家就都跟着他去耕田、打猎、驯马，平日喧闹的街巷里面如同没有住人一样。他那么英俊、仁慈、勇武，全郑国的人谁也比不过他。

叔段一边制造舆（yú）论搞宣传，一边继续修治城廓，聚集百姓，修整盔甲武器。他在准备好兵马战车之后，要偷袭郑庄公，还暗中联系母亲武姜，请她到时候打开城门做内应。郑庄公掌握到叔段准备偷袭的准确证据，微笑着说道："可以出击了！"随即他命令手下的武将率领二百乘兵车去讨伐京邑。叔段的兵马根本不是对手，很快就被打垮了。

叔段逃到鄢（yān）城，郑庄公的部队很快跟着追到了鄢城。此时的段，在郑国再也找不到容身的地方，只好逃到共国去了，最后死在那里。所以后人提到段，也称他为"共叔段"。

庄公畏谗

采 葛 （选自《诗经·王风》）

[先秦] 佚 名

彼采葛兮，一日不见，如三月兮。
彼采萧①兮，一日不见，如三秋②兮。
彼采艾兮，一日不见，如三岁兮。

注释

① 萧：植物名。蒿的一种，即艾蒿，有香气，古时用于祭祀。
② 三秋：三个秋季。通常一秋为一年，后又有专指秋三月的用法。
这里三秋长于三月，短于三年，义同三季，九个月。

周王室东迁洛邑的时候，主要依靠的是诸侯国郑国等国的力量，所以周王朝和郑国的关系很好。周平王在位期间，曾经封郑庄公为周王朝的"三公"之一，郑庄公手握大权，很有势力。

后来郑国的发展越来越好，国力越来越强，经常与周王朝的人马在边境发生冲突，周天子就试图削弱郑国的势力。遇到什么国家大事，周平王经常托付另一个大臣虢国公去操办，故意不理睬郑庄公。郑庄公心里非常不高兴，就去当面质问周平王疏远自己的原因，周平王只好否认此事，含含糊糊敷衍地说道："没有这种情况啊。"但郑庄公不信，二人吵得不可开交。

公元前712年，周平王谎称交换地盘，把另一个本不属于周王朝的诸侯国——苏子国的十二邑土地划给郑国，然后强行把郑国的鄔、刘等四邑列入自己的名下。苏子国的土地距离郑国很远，而且也无法去进行管理，所以郑国实际上是白白损失了四邑的土地，这就是"周郑易田"的典故。

几年后，周平王去世，他的儿子接着也病逝了，随后就由他的孙子担任君主，这就是周桓王。周桓王刚刚登上君主之位，就罢免了担任左卿士的郑庄公，公开把王朝大事委任虢国公处理。这样，愤怒的郑庄公就开始先后两次派兵强割属于周王室的温地和成周的庄稼，作为对周王室的一种示威行动。

周桓王对郑庄公的做法十分恼火。公元前717年，郑庄公按照惯例来周朝拜见周桓王，周桓王就故意在天下所有的诸侯国君主面前对郑庄公进行羞辱。等郑庄公走了以后，当朝的周公就提醒周桓王说："郑国在周室东迁时立过大功。我们善待他们其实也是为了做给其他诸侯国看的。现在咱们对人家这么不讲礼数，以后郑国恐怕不会再来朝拜我们了。"但是，周桓王根本不听，甚至还直接任命虢国公为周室的右卿士，负责主持朝政，正式开始分散郑庄公手里的权力。

郑庄公也是个聪明人，他知道朝廷中一定有很多针对自己的谗言，心里十分难受，于是就吟诵了一首《采葛》：

　　彼采葛兮，一日不见，如三月兮。

　　彼采萧兮，一日不见，如三秋兮。

　　彼采艾兮，一日不见，如三岁兮。

　　这首诗的表面意思是说：那个采葛的姑娘啊，一天看不见她，就好像三个月、三个季节或者三年那么漫长。真实的意思是说：朝廷中有很多奸臣说郑庄公的坏话，而郑庄公十分惧怕这些谗言，所以一日不见君主，就担心君主又听信奸臣的坏话，对他越来越疏远。

　　后来，郑庄公因为周桓王的逼迫，一赌气不再去朝拜。周桓王果然听信奸臣的谗言，带领诸侯国的联合部队讨伐郑国。郑庄公让军队摆出一种名为"鱼丽"的阵势，从左右两面直接击溃了诸侯国的部队，然后亲自带队迎战周桓王的中军。最后周军大败，周桓王的肩膀也被郑国将领射了一箭，最后狼狈地逃出了先前侵占的郑国土地。

锦囊里的箭

山有扶苏（选自《诗经·郑风》）

[先秦] 佚 名

山有扶苏①，隰②有荷华③。不见子都④，乃见狂且⑤。
山有桥松，隰有游龙⑥。不见子充，乃见狡童。

注释

① 扶苏：树木名。一说桑树。
② 隰（xí）：洼地。
③ 华：同"花"。
④ 子都：古代美男子。
⑤ 且（jū）：助词，一说拙、钝也。
⑥ 游龙：水草名，即荭草、水荭、红蓼。

这首《山有扶苏》意思是说：青山长满了扶苏树，洼地盛开着野芙蓉。没见到美男子子都，偏遇到一个野小子。山上长满了劲松，池塘丛生着水荭。没见到那个大帅哥子充，偏遇见你这个小坏蛋。子都是春秋时期郑国的一位美男子。子充的"充"是美的意思，子充是美男子的一个代称，这里也指子都。通过收录在《诗经》中的这首《山有扶苏》，我们可以侧面了解子都的颜值和魅力。子都长得很美，心眼儿却很不美，还曾经做过一件"暗箭伤人"的事情。

公元前 712 年夏季，郑国的国君郑庄公联合齐国、鲁国一起进攻许国。在太祖庙内派发武器的时候，郑庄公将一面特意制作的长达一丈二的战旗拿了出来，说："谁能手持此旗绕着操场走一圈，

如果诗词会讲故事·先秦篇

就拜谁做先锋并赐一辆战车。"这时，大将颍考叔站出来，手举战旗走了一圈，他说："光走路算什么，我还能舞动这面战旗。"说完就真的把战旗握在手中，像长枪一样舞动起来。郑庄公高兴地连连赞叹。忽然公孙子都也站了出来，不服气地说："我也能舞动战旗，把战旗和战车留下！"颍考叔一看他要来抢，就伸手拔下战车的车辕，连同旗子一起抱着跑了起来。子都从兵器架上拿了一柄方天画戟（jǐ）就去追赶，但是颍考叔早跑远了。颍考叔以为子都只是开个玩笑，并不知道子都从此在心里暗暗恨上了颍考叔。

　　当年七月初一，郑国以颍考叔为帅，子都为副帅，正式发兵讨伐许国。颍考叔作战非常勇敢，他杀死许国战将许貅（xiū），拿着郑国的旗帜，率先登上许国都城的城墙，眼看都城要被攻破的时候，没想到子都偷偷从城墙下面向颍考叔发射暗箭。颍考叔大吼一声，从许国的城墙上直接摔了下来，立刻就死了。颍考叔是郑国有名的孝子，打仗也很勇敢，在将士中威望很高。士兵们以为是许国的军兵射死了颍考叔，都想为颍考叔报仇，他们一齐攻破都城，后来很快就占领了整个许国。

战斗结束后，子都窃取了攻城之功，得到郑庄公的很多赏赐。随后郑庄公带领将士们准备隆重安葬颍考叔，这才发现颍考叔是背后中箭去世的，意识到他是被自己人用暗箭射死的。经过调查，郑庄公得知是子都杀害了颍考叔，又悲痛又愤怒又震惊，但是又不便声张此事。于是，他就让所有参加攻打许国的士兵准备了公猪、狗和鸡等祭品，用古人的方式举行了一个仪式——由巫师带领众人一起诅咒射死颍考叔的凶手。

　　子都也装模作样地跟着大家诅咒凶手，随后忽然听到郑庄公呼唤他的名字，说是要他登上高台，拜他为帅。他惴惴不安地爬上高台之后，郑庄公让巫师递给他一个锦囊，打开一看，里面竟是他射杀颍考叔的那支弩（nǔ）箭。子都用暗箭伤人后，一方面唯恐被人发现，另一方面也受到良心的谴责，所以整天坐卧不安，惶惶不可终日。这时候看到这支箭，他知道自己的事情败露了，精神也彻底崩溃了。他脚下一滑，就从高台上一头栽了下来……

婉拒联姻

有女同车（选自《诗经·郑风》）

[先秦] 佚 名

有女同车①，颜如舜华②。

将翱将翔，佩玉琼琚。

彼美孟姜，洵③美且都④。

有女同行，颜如舜英。

将翱将翔，佩玉将将⑤。

彼美孟姜，德音⑥不忘。

注释

① 同车：同乘一辆车。

② 舜华：木槿花。下文"舜英"同义。

③ 洵：确实。

④ 都：闲雅，美。

⑤ 将（qiāng）将：即"锵锵"，玉石相互碰击摩擦发出的声音。

⑥ 德音：美好的品德声誉。

夏商周的时候，称呼他人的方式跟现在的习惯不同。称呼女子只带姓，不称名字，比如庄姜、宣姜。称呼男子时为了表示尊敬和亲热，都是直呼他的名字，不用带姓。郑庄公当政时，太子是忽。他们家本来姓姬，太子应该名叫姬忽，但人们都是直呼他为忽，或者太子忽。太子忽长得威武英俊，能文能武，是个著名的美男子。当时郑国和周王朝为了表示友好，还互相交换国君的孩子到对方国家"留学"。太子忽就在周都洛阳"留学"了好多年，开了眼界，

长了见识，在诸侯国之间渐渐有了很大的名声。

公元前 720 年，齐国国君齐僖（xī）公邀请郑庄公来到石门，两人决定成为铁杆朋友，也就是两国结盟了。两位国君在和谐的气氛中友好交流了一番之后，齐僖公说："听说贵国太子忽还没有成亲，我家大女儿也没有成亲，年龄也相配，我就把她许配给忽吧。"

郑庄公当然愿意和齐国联姻了，就一口答应了。消息传来，郑国的百姓也很高兴，还专门写了一首《有女同车》，描述这对俊男美女一起坐车的幸福场景。诗是这样写的：

> 有女同车，颜如舜华。
>
> 将翱将翔，佩玉琼琚。
>
> 彼美孟姜，洵美且都。

如果诗词会讲故事·先秦篇

有女同行，颜如舜英。

将翱将翔，佩玉将将。

彼美孟姜，德音不忘。

这首诗意思是说：有个女孩和我坐在车上，脸庞好像绽放的木槿花。车儿如同在云端飞翔，她身上的佩玉闪闪发光。这就是姜家的大姑娘，确实是又漂亮又端庄。有个女孩和我坐在车上，脸庞好像红艳的木槿花。车儿如同在云端飞翔，她身上的佩玉叮当作响。这就是姜家的大姑娘，她美好的德行永难忘。

虽然郑国人在诗歌里把孟姜描写得如此美好，但是他们最后并没有盼来孟姜，因为太子忽拒绝了这门婚事。大夫祭仲劝他说，结姻齐国，将来也可以有个大国依靠。忽却说："人各有耦，齐大，非吾耦也。《诗》云'自求多福'。在我而已，大国何为？"意思是：齐国大，郑国小，我不好高攀人家，为自己谋福，要靠自己，大国靠不住。从此还留下一个"齐大非耦"的成语。最后，郑庄公只好说："善自为谋。"意思是：你要好好为自己的国家谋划啊！于是，联姻齐国的事情不了了之。

公元前 706 年，齐国遭到了北戎的侵犯。因为有石门盟约，齐僖公就向郑国求援。郑庄公立刻派太子忽带领高渠弥等名将赶去救齐国。忽还真是给郑庄公长脸，他想出了一个诱敌深入的主意，齐郑两国依计而行，并肩作战，很快就取得胜利。

在欢庆的宴会上，齐僖公越看忽，心里越喜欢，就又忍不住当面提出了那件婚事，还想把孟姜许配给忽。没想到，忽又一次拒绝了齐僖公。他委婉地说道："父王派我来打仗是为了支援齐国，如果我娶了孟姜，别人会说我来救齐国的动机只是为了娶亲，这就很不合适了。"齐僖公也知道这是托辞，但又没有别的办法。婚姻大事，毕竟不能强迫人家啊。

归家士兵

采 薇（节选自《诗经·小雅》）

[先秦] 佚 名

昔我往矣，杨柳依依①。

今我来思②，雨③雪霏霏。

行道迟迟，载渴载饥。

我心伤悲，莫知我哀！

注释

① 依依：形容柳丝轻柔、随风摇曳的样子。

② 思：用在句末，没有实在意义。

③ 雨（yù）：动词，下雨。

在周代，北方的猃狁（Xiǎnyǔn）经常入侵中原。周天子不得不派兵长期戍（shù）守边塞。士兵们离开家乡，往往在边疆征战多年之后，才能回到家乡和亲人团聚。

有一年春天，一位战士在山野巡逻时，看到遍地野豌豆顶着嫩绿的小芽在春风中摇摇晃晃，忽然想到家乡的人们到了这个时候，肯定已经开始采集这些幼苗，来充饥或是祭祀。可现在他和战友们连年征战，然而只要一天边患未除，就不能回到日夜思念的家乡。他心潮澎湃，久久不能平静。

等到野豌豆慢慢长高，他和战友们也利用战斗的间歇，一起出来采集野豌豆。他想，母亲此时可能正和那些采集野豌豆的女子们

一起劳作。那些女子中间，也许还有他最喜欢的那个女孩吧。野豌豆一直在生长，战争也不断持续，他不知道什么时候能够胜利还乡。后来的战斗也越来越激烈，他更没有回家的机会了。鸿雁也不再飞来，甚至连给家里捎个信儿都做不到。

北国短暂的春天很快就过去了。那些野豌豆都长大了，枝蔓变得很硬，叶子即将枯萎，已经不能再食用了，所以他和战友们也不用再去采摘了。可是，猃狁的兵马还是那么凶悍，这仗还得继续打下去。慢慢地，新的一年春天又来了，野豌豆苗又重新生长出来。看着它们再次萌芽、展叶到枯萎，接着结出种子，种子掉在泥土里重新萌芽……一年又一年就这样在战火中匆匆地流逝。

戍边生涯虽然艰苦，但是想到是为了保卫家乡和自己的亲人，他心中一点儿怨恨也没有，只是一心跟着将军冲锋陷阵，浴血奋战。终于，捷报连连传来，敌人节节败退，不敢再过境侵扰。边疆留下

如果诗词会讲故事·先秦篇

一些精壮士兵防卫，年老的战士可以回家看望亲人，这个士兵也在
允许回家的名单上，他脸上绽开了灿烂的笑容。

那是一个寒冷的冬季，雪花纷纷扬扬，他独自走在崎岖（qí
qū）的回乡路上。尽管又饥又渴，一想到马上就能见到亲人，他还
是振奋起精神，不由得加快了脚步。他想起当年自己出发的时候，
正是杨柳青青的春天，现在回来已是雪花飞舞的冬天。想想过去，
望望家乡，他的心中有一些悲伤，有一些怅惘（chàngwǎng），还
有一些感慨。看着路边田野里那些枯萎的野豌豆，他慢慢吟出一首
《采薇》，来抒发自己复杂的情感。其中最后几句非常著名，是这
样写的：

昔我往矣，杨柳依依。

今我来思，雨雪霏霏。

行道迟迟，载渴载饥。

我心伤悲，莫知我哀！

意思是说：当初离家从军的时候，柳树枝条还在春风中依依摆
动。如今我解甲返乡，雪花漫天。归家的道路很长，我要慢慢行走，
一路上又饥又渴，谁能够关心和了解我心里的这些悲伤呢？

诗中"昔我往矣，杨柳依依。今我来思，雨雪霏霏"四句，被
人们称赞并归入《诗经》中最美的诗句。

烽火戏诸侯

黍 离 （节选自《诗经·王风》）

[先秦] 佚 名

彼黍①离离，彼稷②之苗。行迈靡靡③，中心摇摇④。

知我者，谓我心忧；不知我者，谓我何求。

悠悠苍天，此何人哉？

注释

① 黍（shǔ）：北方的一种农作物，形似小米，有黏性。

② 稷：古代一种粮食作物，指粟或黍属。

③ 靡（mǐ）靡：行步迟缓的样子。

④ 摇摇：心神不定的样子。

　　周幽王是一个荒淫无道的昏君。周朝当时发生了地震、旱灾，在对外攻伐中又被西夷犬戎打败，老百姓的生活非常困苦。周幽王不仅不关心百姓的生活，反而重用虢石父等奸臣，更加残暴地盘剥老百姓。有个名叫褒珦（BāoXiàng）的大夫劝谏他，他不仅不听，还一怒之下把褒珦关进了牢房。褒珦在褒氏族人中威望很高。为了救他出狱，族人就在褒城找了一位名叫褒姒的女子，教她唱歌跳舞，然后精心打扮，献给了周幽王，用来替褒珦赎罪。周幽王见了褒姒，迷上她的美貌，就马上把褒珦放了。

　　褒姒虽然很美丽，但是个冷美人，自打进了宫之后，从来没有笑过。周幽王为了博得褒姒笑上一笑，想尽了各种办法，可是褒姒还是一脸冰霜，终日不笑。周幽王后来传下令来："谁能把褒姒逗笑，就赏给谁黄金千两。"这时虢石父点头哈腰地站了出来，给周幽王出了一个馊主意——他建议周幽王点燃烽火台上的烽火，召唤诸侯们带着士兵跑来跑去，用来逗引褒姒开心一笑。

烽火是遇到敌寇（kòu）侵犯时用来紧急报警的设施。当时的西周为了防备犬戎，在国都镐（hào）京附近的骊山一带修筑了二十多座烽火台，每隔几里地就是一座，派士兵日夜驻守。从国都到边塞，沿途都设置了烽火台。哨兵只要发现敌情，在烽火台上点燃烽火，邻近烽火台的士兵看到，就会相继点火报警，一个传递一个，就能把消息迅速传到很远的地方。边境发生的战况很快就能传到京城，而一旦京城有事，也能很快向各地发出召唤。各地诸侯只要看到了烽火燃起，就会带救兵赶紧来保卫京城，报警效率极高。

周幽王带着褒姒来到了骊山的烽火台，他立即下令让士兵点燃烽火。随后，一个又一个烽火台被点燃，各地的诸侯都以为京城受到了威胁，赶紧带着兵马前来救援。可是周幽王却带着褒姒在烽火台前一边饮酒，一边对着被愚弄的各路诸侯指指点点。褒姒看到灰头土脸的诸侯们被戏耍得团团转，忍不住噗哧一笑，可把周幽王美坏了。虢石父因为献计有功，立刻就得到了千两黄金的赏赐。这便是后世流传的"烽火戏诸侯"的由来。

上了当的各地诸侯非常气愤，一个个疲惫不堪地率领部队离开了骊山。过了不久，犬戎的部队真的来进攻镐京了，周幽王赶紧下令点燃烽火，召唤诸侯们快发救兵。可是，诸侯们以为周幽王这次又是在戏弄大家，谁也不再相信他了。尽管烽火燃得很旺，烽烟传得很远，但是没有一个诸侯带兵前来救援。周朝的国都很快被犬戎攻破，周幽王也被杀死，西周灭亡。

继任的周平王把国都东迁到洛邑，从此东周的历史开始了。有一回，周平王派一位大臣回镐京办事，那个大臣见到原来的宗庙和宫殿都变成了残垣（yuán）断壁，长满了青青黍苗，于是百感交集，慢慢吟出一首《黍离》，第一段是这样写的：

　　彼黍离离，彼稷之苗。行迈靡靡，中心摇摇。

　　知我者，谓我心忧；不知我者，谓我何求。

　　悠悠苍天，此何人哉？

诗的意思是说：我看着这些青青的黍苗，心里翻腾着复杂的情绪。理解我的人知道我为什么忧虑，不理解我的人问我把什么寻求。天啊天啊，这么大的变故，究竟是谁造成的？后来，人们就把对国破家亡、今不如昔的沉痛哀叹称作"黍离之悲"。

九旬老人的金句

抑（节选自《诗经·大雅》）

[先秦] 卫武公

辟① 尔为德，俾臧俾嘉。
淑② 慎尔止③，不愆于仪。
不僭④ 不贼⑤，鲜⑥ 不为则⑦。
投我以桃，报之以李。
彼童⑧ 而角，实虹⑨ 小子。

注释

① 辟：修明，一说训法。
② 淑：美好。
③ 止：举止行为。
④ 僭（jiàn）：超越本分。
⑤ 贼：残害。
⑥ 鲜（xiǎn）：少。
⑦ 则：法则。
⑧ 童：雏，幼小。指没角的小羊羔。
⑨ 虹：同"讧"，溃乱。

宜臼（jiù）是周幽王的长子，曾经被立为太子。可是，后来周幽王又找个碴儿，把宜臼的太子名号废了，改立褒姒的儿子伯服为太子。

有一天，周幽王派人通知宜臼，让他到花园里去谈事情。宜臼按照父亲的吩咐来到花园里的时候，却碰到一只猛虎，嗷嗷叫着向他扑来。宜臼胆子很大，他没有像别人那样掉头就跑，而是大喊一

87

声，猛地扑到老虎面前。老虎没防备，反而被他吓得趴在地上不敢动弹。宜臼趁着老虎愣神的工夫，赶紧脱离险境。他意识到这是父王存心要害他，于是就叫上自己的母亲申后，连夜逃出了国都镐京。后来，犬戎攻破镐京，杀死了周幽王，宜臼就在诸侯们的拥戴下，迁都洛邑，并在那里继承了王位，被称为周平王。因为洛邑在镐京的东部，所以历史上把周平王建立的王朝称为东周。

周平王建都的洛邑，在卫国的附近。在周平王即位的庆典上，有一位鬓（bìn）发皆白的老人，格外引人注目，这就是卫武公。他当时已经九十五岁了，因为"佐周平戎"有功，还被晋升为公爵。卫武公在诸侯国君主中的资历非常老，在平王的即位庆典上他忙前忙后，非常辛苦，受到了特别的礼遇。

当各种礼仪程序进行完毕，卫武公说："我写了一首诗用来

如果诗词会讲故事·先秦篇

自警，诗的题目叫《抑》，请允许我分享给大家听。"于是就用低沉的嗓音，不慌不忙地吟诵起来。诗的第八章是这样写的：

> 辟尔为德，俾（bǐ）臧俾嘉。
>
> 淑慎尔止，不愆（qiān）于仪。
>
> 不僭不贼，鲜不为则。
>
> 投我以桃，报之以李。
>
> 彼童而角，实虹小子。

所谓"抑"，就是守则的意思。这段诗的意思是说：无论是帝王还是普通人，都要修明德行、怡养情操，要使它变得高尚和美好。举止要谨慎，行为要美，仪容要端正有礼。尽量不做越过本分的事，千万不要害人，这样的品德就会成为人们学习的典范。人家送我鲜桃，我要用李子来回报。别信那些说什么羊羔头生角的鬼话，其实那是欺骗人的花言巧语，一定要仔细深思。

大家一听，心里都明白，虽然卫武公说这首诗是用来自警，其实也是在委婉地劝告周平王要吸取周幽王的教训，千万要做个好君主，务必使百姓生活得幸福安定。

其中"投我以桃，报之以李"这两句诗，就是成语"投桃报李"的出处。"投"就是投入、送给；"报"就是回赠、报答。两句诗比喻友好往来或互相赠送东西，友谊深厚。这位九十五岁老人作的这首《抑》里，有不少传世金句。我们今天常说的成语"白圭之玷""投桃报李""耳提面命""谆（zhūn）谆告诫"等，也都出自这首诗歌。

九十五岁高龄的卫武公不仅敢于向君主提意见，还善于听取批评意见，勇于自我反省。他告诫卫国的百姓说："只要在朝中的，从卿以下到大夫和众士，不要认为我年老而舍弃我，在朝廷必须恭敬从事，早晚帮助和告诫我。哪怕听到一两句谏言，一定要背诵记住，转达给我，来训导我。"于是，在车上有勇士的规谏，在朝廷有长官的法典，在几案旁边有诵训官的进谏，在寝室有近侍的箴（zhēn）言，处理政务有瞽史的引导，平时有乐师的诵诗。史官不停止书写，乐师不停止诵读，用来训导进谏，卫国更加兴旺了。

　　卫武公在位五十五年，写完《抑》诗不久就安然去世，后来被人们称为"睿圣"。相传卫国的百姓写了《淇奥》这首诗，用"有匪君子，如切如磋，如琢如磨"来赞美他的美德。

僖公牧马

駉①（节选自《诗经·鲁颂》）

[先秦] 佚 名

駉駉牡马，在坰②之野。

薄言駉者，有驈③有騜④，

有驒⑤有鱼⑥，以车祛祛⑦。

思无邪，思马斯徂⑧。

注释

① 駉（jiōng）駉：马健壮的样子。

② 坰（jiōng）：野外。

③ 驈（yīn）：浅黑间杂白色的马。

④ 騜（xiá）：赤白杂色的马。

⑤ 驒（diàn）：黑身黄脊的马。

⑥ 鱼：两眼长两圈白毛的马。

⑦ 祛（qū）祛：强健的样子。

⑧ 徂：行。

　　鲁国的邻居是齐国。齐国对鲁国并不友好，而且总是以霸主自居，要求鲁国听从它的指挥，不能跟其他的国家结盟。可是，鲁国的君主鲁僖公偏偏不看齐国的眼色，坚持和卫国结盟，这就得罪了齐国。有一年，齐国的君主齐孝公打听到鲁国闹饥荒，老百姓吃不上饭，军队也没力气打仗，以为机会来了，就带领军队向鲁国进攻。

　　消息传到鲁国的都城曲阜，鲁僖公很焦急，赶紧召集大臣商量对策，有个人就向鲁僖公推荐了一个名叫柳下惠的贤人，鲁僖公就派柳下惠的弟弟展喜向他求助。柳下惠便教了展喜一套说辞。

回去后，展喜请鲁僖公准备了一些慰劳军队的东西，就赶到齐军中去见齐孝公。齐孝公一见面就大笑着嘲讽鲁国"室如悬磬（qìng）"，也就是说鲁国穷得叮当响，屋里就像挂着的石磬一样，要什么没什么。齐孝公让展喜给鲁僖公捎话，让鲁国赶紧投降。

于是，展喜拿出柳下惠教他的那一套说辞，从齐鲁两国的传统友谊说到江湖上的兄弟道义，后来还搬出齐国老祖宗的"遗训"责备齐孝公。没想到，展喜说了一大通之后，居然把齐孝公说服了。最后齐国收下展喜的礼物，收兵回国。这就是历史上的"展喜犒（kào）齐师"的故事。

齐国退兵之后，鲁僖公继续加强战备，尤其是对牧马工作格外下力气。因为春秋时期，人们打仗主要是用车战，就是用战马牵引着战车作战。所以，哪个国家的马匹数量多，哪个国家的军队就强大。

鲁僖公经常亲自带领随从出城牧马。黑、红、黄、白、灰等各种颜色、高大又健壮的骏马在一起奔驰，场面非常壮观。有一次一出城，百姓都用惊异又自豪的眼神看着自己国家的这些雄健的战马。有个人看着看着，忽然担心地说道："这么多的马一起奔跑，踩踏了我们的庄稼怎么办呢？"

旁边的人马上告诉他："不用担心，君主早就下令，让牧马的随从们看好马匹，不许糟蹋了青苗。"

僖公牧马却爱护青苗这件事，很快就传扬开来。人们纷纷称赞鲁僖公的仁慈和品德，从四面八方来投奔他，鲁国很快强大起来了。

有位名叫史克的史官，专门写了一首《駉》，描述鲁僖公牧马的盛况。诗的最后一段是这样写的：

> 駉駉牡马，在坰之野。
>
> 薄言駉者，有驈有骆，
>
> 有驒有鱼，以车袪袪。
>
> 思无邪，思马斯徂。

诗的意思是：这些骏马高大健壮，放牧在广阔的原野。各种颜色的马儿啊，驾起战车一定勇猛迅捷。无忧无虑的马儿啊，谁也不能够阻挡它们的脚步。

不屈于晋

青 蝇①（选自《诗经·小雅》）

[先秦] 佚 名

营营②青蝇，止③于樊④。岂弟⑤君子，无信谗言⑥。
营营青蝇，止于棘⑦。谗人罔极⑧，交乱⑨四国。
营营青蝇，止于榛⑩。谗人罔极，构⑪我二人。

注释

① 青蝇：一种绿头的大苍蝇，比喻进谗言的人。
② 营营：象声词，拟苍蝇飞舞声。
③ 止：停下。
④ 樊：篱笆。
⑤ 岂（kǎi）弟（tì）：同"恺悌"，平和有礼，平易近人。
⑥ 谗言：挑拨离间的坏话。
⑦ 棘：酸枣树。
⑧ 罔（wǎng）极：行为不轨，没有标准。
⑨ 交乱：交相为乱，制造祸乱。
⑩ 榛（zhēn）：榛树，一种灌木，果实名榛子，可食。
⑪ 构：播弄、陷害，指离间。

公元前 560 年，楚共王去世了，吴国乘机进攻楚国，结果被楚国打得节节大败。吴国就去向他们的盟主晋国求救。晋国并不想卷入吴国与楚国的战争，但是如果不参战，作为盟主又很没有面子，就想出了一个转移目标的计策——拿北方部落首领戎子驹支开刀立威，借此震慑联盟中的其他诸侯国。

于是，晋国召集诸侯国在吴国的向地举行盟会，想借机拘捕姜戎族的首领戎子驹支。

晋国大夫范宣子威风凛凛地来到了向地，一见到驹支，立刻就声色俱厉地嚷了起来："驹支，你小子过来！从前秦国人把你祖父吾离从瓜州赶走，吾离那个老家伙披着茅草衣、戴着荆条帽前来投奔我国先君。我国的先君晋惠公当时的田地并不多，日子也不怎么富裕，却把土地平分一半用来救济你们。可是如今诸侯侍奉我们国君不如从前那样亲近了，我听说大概是你在背后嚼舌头，说了什么闲话。我看明天的盟会，你是没资格参加的！你如果参加，我们就把你抓起来！"

驹支兴冲冲来参加会议，根本没想到范宣子会这样莫名其妙地指责自己。但他临危不惧，心里很镇定，不卑不亢地说道："从前秦国人仗着他们人多，贪婪地掠夺土地，把我们戎人从祖居地赶走。贵国君晋惠公显示他崇高的品德，无私地帮助我们，还赐给我们南部边疆的土地，那里原来是狐狸居住、豺狼嗥（háo）叫的地方。我们戎人砍除荆棘，赶走狐狸豺狼，从此居住在那里，也把贵国当成忠诚不二的好朋友。从前晋文公与秦国打仗，晋军在前面抵抗，我们戎人在后面进击，最后秦军全军覆没，那次战役实在是我们戎人出了大力。这就如同捕鹿，晋国人抓住它的角，戎人拖住它的后腿，和你们一起把这头大鹿掀倒。从那时以来，晋国每次出兵征战，戎人从来都是紧跟其后，时时追随贵国，始终心志如一，从未疏远背离。如今贵国自己的军队管理可能出了问题，使得一些诸侯国盟友叛离了晋国，你们自已不反思，却无端来怪罪我们戎人？戎人的服饰、饮食、礼仪、言语等都和其他诸侯国不同，我们能够从中传什么闲话？能做什么对贵国不利的坏事？不让我们参加明天的盟会，我们就不参加，我们没做亏心事，没有什么可惭愧的！"说完，驹支就朗读了一篇《青蝇》，然后转过身，背起手，准备扬长而去。

《青蝇》诗是这样写的：

营营青蝇，止于樊。岂弟君子，无信谗言。

营营青蝇，止于棘。谗人罔极，交乱四国。

营营青蝇，止于榛。谗人罔极，构我二人。

这首诗用追臭逐腐、嗡嗡乱叫的青蝇来比喻那些说谗言的小人，劝告世人不要听信谗言，警告他们听信谗言害人害国，祸害无穷。驹支巧妙地用这首诗回击范宣子，也为自己进行了辩白。其中"岂弟君子，无信谗言"这两句诗既把范宣子称作君子，避免把关系搞得太僵，同时又警告他"无信谗言"，另外还给对方提供了一个回旋的余地。

驹支的应答，分寸非常巧妙，也很有说服力。刚才还盛气凌人的范宣子连忙向他道歉，请他参加盟会，同时也借此给自己增添了一个和蔼可亲的君子美名。

范宣子请兵

摽^①有梅（选自《诗经·召南》）

[先秦] 佚 名

摽有梅，其实七分。求我庶^②士^③，迨^④其吉^⑤兮。

摽有梅，其实三分。求我庶士，迨其今^⑥兮。

摽有梅，顷筐^⑦塈^⑧之。求我庶士，迨其谓^⑨之。

注释

① 摽（biào）：一说坠落，一说掷、抛。

② 庶：众多。

③ 士：未婚男子。

④ 迨（dài）：及，趁。

⑤ 吉：好日子。

⑥ 今：现在。

⑦ 顷筐：斜口浅筐，犹今之簸箕。

⑧ 塈（jì）：一说取，一说给。

⑨ 谓：一说聚会；一说开口说话；一说归，嫁。

　　有一年，晋国的范宣子作为国君的特使，被派到鲁国去访问。访问的目的有两个：替国君礼节性地问候鲁襄公，同时也想请鲁国出兵一起去讨伐郑国。

　　鲁襄公特意在朝堂设置了隆重盛大的欢迎宴会。范宣子坐在主宾位上，很有兴致地听鲁襄公说了祝酒辞，然后向鲁襄公行了个大礼，举起杯来也向鲁国臣子祝酒，接着就慢悠悠地念了一首《摽有梅》：

　　　　摽有梅，其实七分。求我庶士，迨其吉兮。

摽有梅，其实三兮。求我庶士，迨其今兮。

摽有梅，顷筐塈之。求我庶士，迨其谓之。

诗的意思是说：梅子已经熟透了，纷纷掉在地上，树上还留着七成。请快快采摘吧，不然就落光了。范宣子引用这首诗，是把郑国比喻为成熟的梅子，需要赶紧摘取，不要贻（yí）误战机。

范宣子巧妙地利用诗歌来婉转地表达了自己的愿望、目的和期待，这种方式比直接陈述自己的想法更加含蓄和稳妥，在外交上也有了回旋的余地。

鲁国的大夫季武子听懂了范宣子的弦外之音，就按照鲁襄公事先的安排，当场吟唱了《角弓》，作为对范宣子的回应。

《角弓》这首诗的第一节是这样写的：

骍（xīn）骍角弓，翩其反矣。

兄弟婚姻，无胥远矣。

意思是：如果角弓不精心调整，弓弦就会向反面转。兄弟国家就像婚姻一家，千万不要相互太疏远。季武子的言外之意，就是说鲁国已经答应出兵，但同时也委婉地劝告晋国人要保持美德，以后注意和鲁国和睦相处。

范宣子对季武子的回答很满意。季武子又赋了一首《彤弓》。《彤弓》的第一节是这样写的：

彤弓弨（chāo）兮，受言藏之。

我有嘉宾，中心贶之。

钟鼓既设，一朝飨（xiǎng）之。

诗的意思是说：红漆雕弓的弓弦虽然松弛了，但是可以赐予功臣在宗庙中收藏。我有这么多好客人，在心中深深地把他们赞扬。把钟鼓乐器全部陈列整齐，兄弟们一起有福同享。季武子用这首诗进一步告诉晋国，鲁国早就已经做好了战斗准备。

范宣子听了，脸上露出欣慰的笑容。他说道："当年城濮（pú）之战，我们的先君晋文公就在宋襄王那里得到了一把红色的弓，现在已经作为留给子孙的珍藏品。我范宣子也是先君官员的后代，岂敢不接受战斗的命令？"

范宣子和季武子约定，待范宣子回国报告给国君之后，即可同时发兵攻郑。这样，双方在优美的诗歌氛围中，完成了请兵的重要任务。

孔子说过："不学诗，无以言。"意思是：不学习《诗》，就不会说话。在春秋时代，诗和礼仪是合二为一的。不会赋诗就会被人嘲笑和驱逐。而如果官员会吟诗，自然可以在外交等场合更好地完成自己的工作。

近不失亲 远不失举

皇 矣（节选自《诗经·大雅》）

[先秦] 佚 名

维此王季，帝度其心。
貊①其德音，其德克②明③。
克明克类④，克长⑤克君⑥。
王⑦此大邦，克顺⑧克比⑨。
比于⑩文王，其德靡悔⑪。
既受帝祉，施⑫于孙子。

注释

① 貊（mò）：《左传·昭公二十八年》及《礼记·乐记》皆引作"莫"。
莫，传布。
② 克：能。
③ 明：明察是非。
④ 类：分辨善恶。
⑤ 长：师长。
⑥ 君：国君。
⑦ 王（wàng）：称王，统治。
⑧ 顺：使民顺从。
⑨ 比：使民亲附。
⑩ 比于：及至。
⑪ 悔：借为"晦"，不明。
⑫ 施（yì）：延续。

晋国的范宣子去世以后，由魏献子来执政。他根据人们的功劳和才能，把大臣们的封邑重新进行划分。祁氏的土田被分割为七个县，羊舌氏的土田被分割为三个县。他又着手提拔了一批官员，让司马弥牟（mù）做邬大夫，贾辛做祁大夫，司马乌做平陵大夫，魏戊（wù）做梗阳大夫，知徐吾做涂水大夫，韩固做马首大夫，孟丙做盂大夫，乐霄做铜鞮（dī）大夫，赵朝做平阳大夫，僚安做杨氏大夫。他认为贾辛、司马乌给王室出过力，所以这次特意提拔他们，认为知徐吾、赵朝、韩固、魏戊不会失职，所以让他们保持家业。还有四个人是由于贤能而被破格提拔的。

宣布完决定后，魏献子对另一个大臣成鱄（zhuān）说："我把一个县给了儿子魏戊，别人会说闲话吗？"成鱄回答说："魏戊的品德靠得住，能够保持纯正的礼义之心，工作中也比较稳重，给他一个县是应该的！提拔没有别的条件，只要是初心公正，亲密、疏远都是一样的。"接着，他还引用了《诗经》中《皇矣》的诗句：

维此王季，帝度其心。

貊其德音，其德克明。

克明克类，克长克君。

王此大邦，克顺克比。

比于文王，其德靡悔。

既受帝祉，施于孙子。

借赞美文王的诗词，来称赞魏献子的美德名声，然后解释说："合乎于道义叫作'度'，德行端正、举止和谐叫作'貊'，光照四方叫作'明'，勤于施舍、没有私心叫作'类'，教导别人不知疲倦叫作'长'，严明赏罚、显示威严叫作'君'，慈祥友爱、使别人归服叫作'顺'，选择好的而效法叫作'比'，用天地作经纬叫作'文'。这九种德行不出过错，做事情就没有悔恨。"

　　贾辛将要到他的封县祁之前，特意来拜见魏献子。贾辛的相貌长得比较丑，以前很少有机会和魏献子交谈。魏献子这回特意把他拉到自己身边，和颜悦色地说道："从前叔向到郑国去，那里有个叫鬷（zōng）蔑的人，长得丑，却很有才华。他想要观察叔向，就跟着收拾容器的人前去，站在堂下只说了一句话，因为说得很好，立刻就引起了叔向的重视，叔向拉住他的手，像见到老朋友一样说个没完没了。我认为你更有才华，希望你以后能多来说说话。不然我们都不了解你呢！现在你为王室出了大力，我因此才举荐你。快动身去吧！要保持谦虚谨慎，也不要忘记建立新的功劳。"

　　孔子听到魏献子既敢于任用自己的儿子，又敢于推荐贾辛，认为他选贤任能的事情做得很好，是合于道的。孔子的原话是："近不失亲，远不失举，可谓义矣。"意思是说，魏献子提拔关系近的人不忽略亲族，举荐关系远的人也不忽略有才能的人，可说是合乎公道和正义了。

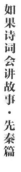

清 人（选自《诗经·郑风》）

[先秦] 佚 名

清人①在彭，驷介②旁旁③。二矛④重英⑤，河上乎翱翔。
清人在消，驷介麃麃⑥。二矛重乔⑦，河上乎逍遥⑧。
清人在轴⑨，驷介陶陶⑩。左旋右抽⑪，中军作好。

注释

① 清人：指郑国大臣高克带领的清邑的士兵。
② 驷（sì）介：一车驾四匹披甲的马。
③ 旁旁：同"彭彭"，马强壮有力的样子。
④ 二矛：酋矛、夷矛，插在车子两边。
⑤ 重（chóng）英：矛上缨饰重叠相见。
⑥ 麃（biāo）麃：英勇威武的样子。
⑦ 乔：借为"鷮"（jiāo），此指矛上装饰的鷮羽毛。
⑧ 逍遥：闲散无事，驾着战车游逛。
⑨ 轴：黄河边上的郑国地名。
⑩ 陶陶：和乐的样子。一说马疾驰的样子。
⑪ 左旋右抽：御者在车左，执辔御马；勇士在车右，执兵击刺。

公元前660年，北狄攻打卫国。当时的卫国和郑国以黄河为界，河北面是卫国，河南面是郑国。郑文公担心北狄部队渡过黄河向南进攻，就让大将高克带领清邑兵马在河南岸驻防，用来监视北狄军队的动向。后来，各国驰援卫国，把北狄赶走了。但是，郑文公并没有把高克的军队撤回来，也没有派人接替这支部队的意思。

古代并没有专职部队，都是作战时临时征集部队，并自带武器前往作战，打完仗的战士再回到原地正常生活。高克的军队被长期安排在河岸防守，对他们来说是一个很大的考验。

郑文公心里很不喜欢高克。据说高克带领部队陪着郑文公打猎时，他手下的清邑子弟做什么都比郑文公的贴身卫士们做得好，当郑文公的贴身卫士们一共才猎到三只野兔时，高克的清邑子弟能够打到很多鹿、狼和豹子，这让郑文公心里很不愉快。

卫士们不仅不觉得难为情，反而找到君主告状，说是高克怂恿手下子弟作弊，把郑文公车马周围的野物都赶跑了，这才让卫士们没有打到猎物。高克当然不干了，立刻进行了反驳，最后还嘲笑这些卫士武艺不精，徒留笑柄。高克最后也不要郑文公的赏赐，自己拉着队伍在旁边找了个地方就点上篝（gōu）火，开始烤鹿肉，卫士们在旁边干瞪眼看着，只能可怜巴巴地烤了那三只野兔。双方就此结下梁子，郑文公偏向自己的卫士，觉得高克不尊重自己，也就开始疏远他。

当卫国被北狄侵扰的消息传来，郑文公立刻下令，让高克带着清邑子弟兵去守卫黄河防线。高克每天在河岸上排开阵势练兵，战马强健，战车坚固，武器锋利，每一个士兵看上去都是斗志昂扬、威风凛凛。可是这样军事演习了两个月之后，军粮开始告急。高克一连催了几次，后方一直说抓紧筹粮，可就是送不上来。一开始高克还要求士兵们克服困难，再坚持几天，可是最后大家实在饿得受不了了，就丢下战车和武器，纷纷逃回清邑去了。

如果诗词会讲故事·先秦篇

　　高克带出的这支本来能够英勇作战的部队，就这样稀里糊涂地溃散了。这就是历史上有名的"河上溃兵"。高克一看部队再也拢不起来了，料到郑文公肯定会借这件事情惩罚自己，于是也仓皇地逃到陈国去了。

　　这件事让郑国的诗人公子素知道后，就写了一首讽刺诗，叫《清人》：

　　　　清人在彭，驷介旁旁。二矛重英，河上乎翱翔。

　　　　清人在消，驷介麃麃。二矛重乔，河上乎逍遥。

　　　　清人在轴，驷介陶陶。左旋右抽，中军作好。

　　这首诗描写了高克部队的威武雄壮，引导人们反思这样一支部队不战而散的原因，其实是在侧面批评郑文公的轻率和愚蠢。

季札观乐

羔裘（选自《诗经·桧风》）

[先秦] 佚 名

羔裘①逍遥②，狐裘以朝③。岂不尔思？劳心忉忉④。

羔裘翱翔⑤，狐裘在堂⑥。岂不尔思？我心忧伤⑦。

羔裘如膏⑧，日出有曜⑨。岂不尔思？中心是悼⑩。

注释

① 羔裘：羊羔皮袄。

② 逍遥：悠闲地走来走去。

③ 朝（cháo）：上朝。

④ 忉（dāo）忉：忧愁的样子。

⑤ 翱翔：鸟儿回旋飞，比喻人行动悠闲自得。

⑥ 在堂：站在朝堂上。

⑦ 忧伤：忧愁悲伤。

⑧ 膏（gào）：动词，涂上油。

⑨ 曜（yào）：照耀。

⑩ 悼：悲伤。

　　季札（zhá）是春秋时期吴国的一位杰出的外交家。他曾经三次出让国君的位置，在当时各诸侯国中的威望也很高。公元前544年，季札奉命出使鲁国。他知道鲁国仍然保留着周朝唱诗歌的习俗，就请求鲁国国君让自己听一听。鲁君欣然答应了。

　　鲁国的乐工先为他歌唱了《周南》和《召南》。季札说："多美好啊！教化开始奠基了，虽然还没有完成，但是百姓已经能够勤劳而无怨了。"乐工为他歌唱《邶风》《鄘风》和《卫风》。季札说：

"多美好啊，多厚重啊！虽然有忧思，但是又很节制。我听说卫国的康叔、武公的德行就是这个样子，现在乐工们演奏的大概是《卫风》吧？"乐工们齐声说："确实是《卫风》。"

接着乐工们歌唱前没有告诉他歌名。季札听着听着就开始赞叹："多美好啊！有忧思却没有惊恐，这大概是周室东迁之后的乐歌吧！"乐工们说："您真是好耳力，这次确实是《王风》。"

随后就开始为他歌唱《郑风》。季札说："多美好啊！但它太琐（suǒ）碎了，百姓听不下去的时候，大概会成为亡国之音吧。"乐工继续为他歌唱《齐风》。季札说："多美好啊！宏大而深沉，这是大国的诗歌啊！"乐工为他歌唱《南风》。季札说："多美好啊！广博而透脱，欢乐而幽雅，这大概是周公东征时的乐歌吧！"乐工为他歌唱《秦风》。季札说："这乐歌雅正端和，大概是周室故地的乐歌吧！"乐工为他歌唱《魏风》。季札说："多美好啊！婉转而空灵，豪放而柔和，质朴而平易，倘若再加上德行的辅助，就可以成为一国贤君了。"乐工为他歌唱《唐风》。季札说："忧思深远啊！大概是帝尧的后代吧！"乐工为他歌唱《陈风》。季札说："国家没有个好君主，难道能够长久吗？"

季札边听边评论，陶醉在诗歌的美妙意境里。乐工接着继续唱道：

羔裘逍遥，狐裘以朝。岂不尔思？劳心忉忉。

羔裘翱翔，狐裘在堂。岂不尔思？我心忧伤。

羔裘如膏，日出有曜。岂不尔思？中心是悼。

这首《羔裘》，是《诗经·桧风》中的一篇，笔调凄清，情感悲凉，是桧国大臣因桧君不重用自己而被迫离开后写的，字里行间充溢着浓郁的伤感情怀。乐工随后又接着唱《素冠》《隰有苌楚》《匪风》等《桧风》中另外三篇诗歌，季札却脸色一凛，微微闭上眼睛，不肯再张口说话了。

乐工们赶紧改变风格，为季札改唱《小雅》。季札这才睁开眼睛，开言说道："多美好啊！有忧思而没有二心，有怨恨而不言说，这大概是周朝德政衰微时的乐歌吧？还是有先王的遗民在啊！"乐工为他歌唱《大雅》。季札说："广阔啊！曲调悠扬而又婉转，这大概就是周文王的盛德吧！"乐工为他歌唱《颂》，季札说："多么完美啊！直而不倨，曲而不屈；迩而不逼，远而不携；迁而不淫，复而不厌；哀而不愁，乐而不荒；用而不匮（kuì），广而不宣；施而不费，取而不贪；处而不底，行而不流。五声和谐，八音协调，节拍有法，乐器有序。这都是拥有大德大行的人共有的品格啊！"

季札对不同风格诗歌的评论非常到位，鲁君带领大家一起热烈地鼓起掌来。

五羖大夫

五羊皮歌（节选）

[先秦] 百里杜氏

百里奚，五羊皮，父粱肉，子啼饥。
夫文绣，妻浣衣。
嗟乎！富贵忘我为？

公元前 655 年，秦穆公派公子絷（zhí）到晋国代自己去求婚。晋献公把大女儿许配给秦穆公，还送了一些奴隶作为陪嫁，其中有一个奴隶叫百里奚。

百里奚本来在虞国做小官。这时，晋国向虞国借道攻打虢国。百里奚看出了晋国的阴谋，就建议虞公不能借道给晋国，如果虢国灭亡了，虞国就有唇亡齿寒的危险。但是虞公没有采纳他的意见。结果，晋军在灭亡虢国返回的路上顺便灭亡了虞国，百里奚也成了晋国的俘虏。

公子絷带着百里奚等人回国的路上，百里奚找到机会，偷偷地逃走了。他一路要饭，逃到楚国藏了起来。有一天，秦穆公发现陪嫁的奴隶中少了一个叫百里奚的人，就把公子絷找来，问是怎么回事。恰巧这时有个叫公孙枝的人在场，他知道百里奚是个有才能的人，就向秦穆公推荐了一番。秦穆公这才知道，当年劝说虞公不要借道给晋国的就是百里奚。秦穆公觉得他真是一个本领很大的人，

于是派人去寻找百里奚的下落。后来终于打听到，原来百里奚正在楚国南海牧牛呢！于是，秦穆公赶紧准备了一份厚礼，打算去请求楚王把百里奚送到秦国来。

公孙枝说："这可不行啊。楚国不知道百里奚是个有本领的人，所以才让他去放牛。如果我们用贵重的礼物去赎一个老奴隶，肯定会引起楚王的疑心，那他还肯把百里奚交给我们吗？"

秦穆公一听这话有道理，就问："那你说我们该怎么办呢？"

公孙枝笑了笑，说："我们派人去找楚王，就说百里奚是我们逃走的一个奴隶，就按现在买一个奴隶的价钱，用五张羊皮把他赎回来吧。"秦穆公按照公孙枝的建议，把五张羊皮交给楚国。楚王想都没想，就命人把百里奚装上囚车，让秦国使者很顺利地把百里奚带走了。百里奚被接到秦国后，秦穆公和他一连谈了三天三夜。秦穆公很佩服百里奚的才能，就让他做了相国。

此时，百里奚的妻子杜氏恰巧也流浪到了秦国，靠给人家洗衣维持生计。有一天她在相府洗衣时，远远看到百里奚正在和宾客饮酒，觉得这个老头有点儿眼熟，又不敢贸然相认，就向琴师借了一把琴，来到堂前边弹边唱了一首《五羊皮歌》，其中有几句是这样唱的：

百里奚，五羊皮，父梁肉，子啼饥。

夫文绣，妻浣衣。

嗟乎！富贵忘我为？

歌的意思是说：百里奚啊，你是用五张羊皮赎回来的。现在当父亲的你天天吃肉，却不知道儿子正在哭着喊饿。当丈夫的你穿着华贵衣服，却不知道妻子靠着洗衣谋生。哎呀，哎呀，你富贵之后就忘了我们了吗？

唱完之后，老妇人哽咽起来，脸上已是老泪纵横。百里奚听到这悲怆的歌声，心里一动，赶紧走下堂来，终于和妻子相认了。随后，妻子又带百里奚去看儿子，一家人终于欢乐地团圆在一起。

想当年，放牛为生的百里奚提出要去外面闯世界的时候，妻子杜氏毅然把家里的木头门闩劈碎了用来生火，还杀了家里唯一下蛋的母鸡用来做菜，为他烧好了米饭，准备了咸菜，深情地为百里奚送行。现在屈指一算，那送别的场景，已经过去了四十多年……

痛哭三良

黄 鸟 （节选自《诗经·秦风》）

[先秦] 佚 名

交交①黄鸟②，止于棘③。

谁从④穆公？子车奄息。

维此奄息，百夫之特⑤。

临其穴，惴惴其栗。

彼苍者天，歼我良人⑥！如可赎兮，人百其身⑦！

注释

① 交交：鸟鸣声。

② 黄鸟：黄雀。

③ 棘：酸枣树。一种落叶乔木。枝上多刺，果小味酸。棘之言"急"，双关语。

④ 从：从死，即殉葬。

⑤ 特：杰出的人才。

⑥ 良人：好人。

⑦ 人百其身：用一百人赎其一命。

　　秦国国君秦穆公是一个很有作为的人。他一共在位三十九年，辅佐他的文臣有百里奚、蹇（jiǎn）叔、由余等，武将有孟明、白乙、公孙枝等，那时秦国人才济济，力量强大。在秦穆公的带领下，秦国一口气攻灭了邻近十二个小国，越来越富强，成为当时的一大强国。

　　秦穆公晚年，百里奚等名臣陆续去世，他又开始为人才忧虑。此时，大将孟明就推荐了大夫子车氏的三个儿子：奄（yǎn）息、仲行和针虎。穆公召见奄息、仲行和针虎三人，发现他们果然才学过人，品德正派，就把他们都封为了大夫，留在朝里帮自己管理国家。当时的老百姓把子车家的这三个兄弟称作"三良"。

秦穆公很喜欢子车家的三兄弟，有一天在一起喝酒的时候，他对三兄弟说："我们几个在一起很投缘，我希望大家生同此乐，死同此哀。"当时，秦国有殉葬习俗，就是君主死了之后，亲近的妃子和大臣等要陪葬。

秦穆公的年龄比子车氏兄弟大好多，他说的"生同此乐，死同此哀"，其实就是希望自己去世后让这三兄弟陪着自己一起死。

子车氏兄弟觉得这是秦穆公对自己的信任，当时都马上表示："无论生死，我们都跟随着您。"

没想到刚过一年，秦穆公就不幸病逝了。他临死时给太子罃（yīng，也就是后来继位的秦康公）留下遗嘱，要子车家的"三良"陪自己下葬。

秦康公继位后，马上把奄息、仲行和针虎召来，提到了秦穆公的遗嘱。后来在秦穆公下葬的时候，子车家的"三良"也被活活埋在墓冢（zhǒng）。这件事被称为"三良殉秦"。

秦国的百姓非常悲痛，就开始传唱一首《黄鸟》，痛悼这三位贤人。诗的第一段是这样写的：

　　交交黄鸟，止于棘。

　　谁从穆公？子车奄息。

　　维此奄息，百夫之特。

临其穴，惴惴其栗。

彼苍者天，歼我良人！如可赎兮，人百其身！

这首诗一共三段，后边两段依次换上仲行和针虎的名字。意思是说：黄鸟交交地悲声鸣叫，一直停在酸枣树枝上。子车家的奄息、仲行和针虎是人人称赞的良才，现在却全都为秦穆公殉葬。老天啊，为什么如此摧残我们的三良？倘若能够代替他们去死，大家都愿意替换他们回来啊！

这首诗如泣如诉，回肠荡气，一唱三叹，对三良的悲惨命运表示了沉痛哀悼，更用声声悲泣，控诉了残忍的以人殉葬的陋俗对人才的无情摧残。

食指大动

鹑之奔奔（节选自《诗经·鄘风》）

[先秦]佚 名

鹑①之奔奔②，鹊③之彊彊④。人之无良，我以为兄！
鹊之彊彊，鹑之奔奔。人之无良⑤，我以为君！

注释

① 鹑：鸟名，即鹌鹑。
② 奔奔：跳跃奔走。
③ 鹊：喜鹊。
④ 彊彊：形容居有常匹，飞则相随的样子。下文"奔奔"同义。
⑤ 无良：不善。

公元前 606 年春天，身为郑国大夫的公子归生带兵讨伐宋国。宋国大将华元带兵在大棘和郑兵打了一仗，结果宋兵大败，华元自己也被郑兵活捉了。说起来，他是因为一口羊汤而失败的，要多窝囊有多窝囊！

原来，将要开战的时候，华元为了鼓舞士气，让士兵们吃了一顿羊汤当作犒劳。可是，分羊汤的时候，华元忘了让自己的车夫羊斟（zhēn）也喝一碗。羊斟虽然没有说话，但是心里很不高兴。到了双方开战的时候，华元命令羊斟把战车往左边赶，可是羊斟突然对着他嚷了起来："昨天喝羊汤时，你说了算；今天打仗的事，我说了算。"随后，他直接把战车驰向右边，带着华元一头扎进了郑国的队伍中间，华元就稀里糊涂地被郑国军队活捉了。结果郑国大胜，获战车四百六十多辆，斩宋兵一百多人，生俘宋兵二百多人。后来史家左丘明评论此事时说："《诗》所说的'人之无良'，指的不就是羊斟这类人吗？"

"人之无良"这句诗出自《鹑之奔奔》，全文是这样的：

鹑之奔奔，鹊之彊彊。人之无良，我以为兄！

鹊之彊彊，鹑之奔奔。人之无良，我以为君！

这里的"我"是"何"的代字。诗的意思是说：喜鹊和鹌鹑成对飞翔，一个人如果没有良心，就不配做国君或兄长。

羊斟因为一口羊汤的怨恨，就让整个宋国和百姓的利益受到损害，这事做得确实十分不地道。

公子归生得胜带军回国，受到国君郑穆公的表扬。不久，郑穆公去世，郑灵公即位。公元前605年，刚任国君不久的郑灵公收到了楚国送来的一份礼物——一只大鼋（yuán）。恰巧此时，公子归生和公子宋一起来拜见郑灵公。

在路上，公子宋突然感觉食指大动，也就是食指不由得颤动起来。他就对公子归生说："看来我们要有好吃的啦！每次将有美食的时候，我的食指都会提前颤动。"过了一会儿，他们见到郑灵公之后，郑灵公就把楚人献鼋的事情说了，并说准备邀请大家一起来分享鼋汤。公子归生和公子宋立刻会心地大笑起来，公子归生把公子宋食指大动的事情告诉了郑灵公。没想到，郑灵公却面色一沉，不咸不淡地说道："食指大动灵不灵，还是要看国君给不给鼋汤啊！"

归生听灵公的话有点儿不对头，下殿以后就对公子宋说："美味确实出现了，如果君主不请你，你也没辙。"公子宋说："鼋汤能请大家一起吃，怎能单单不给我吃？"可到了第二天分鼋汤的时候，郑灵公给朝中所有有头有脸的人物都分着喝了，却当着大家的面，恶作剧式地特意不许公子宋喝。公子宋觉得在众人面前丢了面子，不顾场合地发了飙（biāo）。他用手指直接在郑灵公面前的鼎里蘸了蘸，然后放进嘴里，大声说道："我的食指一动就有美食，果然还是灵验的。"说完，就生气地扬长而去。古代人把鼎当作权力的象征。郑灵公对公子宋的行为非常愤怒，准备杀掉他。公子宋却抢先动手，带着家丁用土袋把郑灵公给闷死了，此时郑灵公继位还不到一年。随后郑国陷入内乱，公子宋最终也被杀掉了。

仅仅因为一口鼋汤，就引出了这样一场血案。这场鼋汤血案留给后人两个典故：一个是"染指"，比喻抢夺非分的好处；另一个是"食指大动"，用来形容看到好吃的东西就特别想吃的样子。

以诚相告

干旄① （节选自《诗经·鄘风》）

[先秦] 佚 名

孑孑②干旄，在浚③之城。

素丝祝之，良马六之。

彼姝④者子，何以告之？

注释

①干旄：干，通"杆"；旄，同"牦"。以牦牛尾饰旗杆，竖于车后，以壮威仪。

②孑（jié）孑：旗帜高举的样子。

③浚（xùn）：卫国城邑，故址在今河南浚县。

④姝（shū）：美好。

楚庄王亲自带领楚国的军队去攻打宋国，他们的后勤供应跟不上，打到最后，队伍里只剩下够吃七天的粮食了。

楚庄王焦急地一遍遍催运粮草，但是因为条件有限，粮食始终运不进来。楚庄王叹了一口气，说道："咱们把这七天的粮食吃光，如果还攻不下宋国，咱们就撤兵。"

楚庄王喊来在自己手下做司马的弟弟子反，让他混到宋国的城门底下去看看宋国的情况，然后再决定接下来的对策。

子反来到宋国的城门下面，恰好宋国也派了一个叫华元的人来到城门口，去探探楚国这边的情报。

子反见到华元，向他招一招手，问道："贵国现在怎么样了？

如果诗词会讲故事·先秦篇

还能坚持几天？"华元说："现在我们国家已经断粮，形势很危险，大家已经好久都没有粮食吃了。"子反说："这可太糟糕了。但是，我听说被人围困的国家，为了掩饰军情，都是牵着马喂足了，挑最肥的马让外人看，为什么你对我却一点儿也不隐瞒，还把实情统统告诉我？"

华元说："我听说君子见别人有难就会怜悯（mǐn）不忍，小人见别人有难就会幸灾乐祸。我见你一脸同情，似乎是个君子，所以就告诉你军事上的实情。"

子反听了，很感动，就说："好吧，你们再坚持一下吧。我们楚军也只剩下七天的军粮。只要你们坚持过这七天，我们就会撤兵。"

两个人互相拱手告辞，然后就匆匆地回去向各自的君主汇报情况。

楚庄王见到子反回来了，就很高兴地问道："这次去探听情况，有什么结果呢？"子反说："他们已经快打不下去了，城里现在已

119

经绝粮了。”

楚庄王一听，很高兴地说："看来我们胜利在望了。那再坚持几天，等我们拿下了宋国再退兵。"子反说："不成啊，我都告诉他们我们只有七天的军粮了。"楚庄王一听，脸色立刻就变了。他生气地哼了一声，气呼呼地说道："我让你去探听对方的虚实，你怎么把咱们的实情都告诉人家了，你这算是哪一国家的子民啊！"

子反说："这么小的宋国都有这么诚实的大臣。我们楚国比他们大得多，难道就没有侠肝义胆的人了吗？所以我也向他诉说了实情。"

楚庄王一听就火了："即使你告诉了宋国人，我还是决定拿下宋国之后再撤军！"子反觉得这样下去有失诚信，就说："大王您在这里再待七天吧，我先回京城去了。"楚王说："如果你走了，我还留在这里干什么？那就都撤了吧。"于是，楚庄王立刻撤兵了。后人都很赞叹楚庄王和子反的做法，宋国人也很感谢华元，他用诚实救了大家一命。

华元和子反都以诚相告，终于使宋国解除了兵灾。人们引用《诗经》里的两句话赞叹："彼姝者子，何以告之？"这两句话出自《干旄》，最后一段是这样写的：

子子干旄，在浚之城。

素丝祝之，良马六之。

彼姝者子，何以告之？

意思是说：牛尾旗子高高飘，人马齐来浚城郊。华贵衣裳穿戴好，六匹良马齐奔跑。问声贤士请指导，有啥好事来报告？这是用君子来称赞华元和子反的好人品。

楚军最终退兵，宋楚两国盟誓谈和。盟词中说："我无尔诈，尔无我虞。"意思是：我不欺骗你，你不欺骗我。后来，人们把互相欺骗的行为称作"尔虞我诈"，这就是这个成语的来历。

蹊田夺牛

思 文（选自《诗经·周颂》）

[先秦] 佚 名

思文① 后稷，克配② 彼天。
立③ 我烝④ 民，莫匪尔极⑤。
贻⑥ 我来牟⑦，帝命率育⑧。
无此疆尔界，陈⑨ 常于时夏。

注释

① 文：文德，即治理国家、发展经济的功德。
② 配：配享，即一同受祭祀。
③ 立：通"粒"，米食，有"养育"之意。
④ 烝民：众民。
⑤ 极：最，极至，此指无量功德。
⑥ 贻：遗留。
⑦ 来牟：小麦
⑧ 率育：普遍养育。
⑨ 陈：布陈，遍布。

公元前598年，陈国发生内乱，陈灵公被大夫夏徵（zhēng）舒杀了。楚庄王派兵攻打陈国，声言："这次出兵是主持正义，只帮助陈国平叛，绝不侵占陈国的土地。"楚国的军队一直打进陈国国都，并杀掉了夏徵舒。随后，楚庄王宣布陈国改为陈县，归楚国管辖。楚国的大臣们都去向楚庄王道贺，只有当时出使齐国的大夫申叔时没有参加庆典。后来，申叔时回到楚国，仅仅淡淡地和楚庄王打了一声招呼，就退下去了，只字未提楚庄王伐陈的功绩。

楚庄王很不高兴，就派人去批评申叔时："我们楚国主持正义，帮助陈国平定了内乱，各国使节和朝中大臣都向我表示了祝贺，怎么只有你一个人视而不见呢？你不会是对我有什么意见吧？"

申叔时于是来到朝堂，对楚庄王说："我可以讲个蹊田夺牛的故事吗？"楚庄王点点头。申叔时于是说道："我见到有个人牵着牛踩了别人家田里的青苗，为了惩罚他，他的牛就被别人夺走了。这样的事情有道理吗？"楚庄王说，惩罚有点儿重了。申叔时接着说道："陈国的大夫杀了国君，我们讨伐他，是出于正义。可是，我们把陈国改为我们的一个县，这就像蹊田夺牛一样，对陈国的处罚是不是有点儿重了呢？"楚庄王一听，立刻就明白了："谢谢申大夫。我们楚国说过不侵占陈国的土地，还是要守信用啊。"

随后，楚庄王宣布帮助陈国复国，还派人把流亡的陈国公子午迎回国，让他继位成为君主。孔子后来读到史书上记载的这件事后，称赞说："贤哉楚王！轻千乘之国，而重一言之信，匪申叔之信，不能达其义，匪庄王之贤，不能受其训。"

此后又过了二十多年，此时楚国的君主已经换成了楚共王，楚国和过去的劲敌晋国已经签订了和平条约。公元前 575 年，楚国大司马公子侧撕毁和约，带兵去攻打晋国，顺路拜访申叔时。申叔时这时已经很老了。他认为信用用来保持礼义，礼义用来保障生存，信用、礼义都没有了，还怎么免于祸难呢？所以当公子侧问他怎么看这次出征时，申叔时回答说："德、刑、详、义、礼、信，战之器也……今楚内弃其民，而外绝其好，渎（dú）齐盟，而食话言，奸时以动，而疲民以逞，民不知信，进退罪也。人恤所底，其谁致死？"意思是说：德、刑、详、义、礼、信是战争的必要条件。如今楚国对内不管自己的百姓，对外断绝了友好关系，亵（xiè）渎了盟约，又说话不算话，如此违背天理发动的战争，让百姓疲惫不堪来逞强斗狠，既不讲信用，也不懂进退，人们连自己的方向都找不到，谁还拼命跟着你们走呢？

申叔时的话很尖锐，他的预言也很准。果然楚国这次作战，没有捞到任何便宜，公子侧还因为喝酒误事而自杀了。

申叔时在劝告公子侧时，引用了《诗》的两句诗："立我烝民，莫匪尔极。"这两句诗出自《思文》：

思文后稷，克配彼天。

立我烝民，莫匪尔极。

贻我来牟，帝命率育。

无此疆尔界，陈常于时夏。

《思文》是祭祀周族祖先后稷时称赞其德行的乐歌。"立我烝民，莫匪尔极"是说后稷给人间带来种子，养育了大地上的百姓，谁也比不了他的功绩。申叔时认为，只有为百姓办事，讲诚信，守道德，才能受到人们的真心爱戴。

申包胥哭秦庭

无 衣（选自《诗经·秦风》）

[先秦] 佚 名

岂曰无衣？与子同袍①。王②于③兴师④，修我戈矛。与子同仇⑤！
岂曰无衣？与子同泽⑥。王于兴师，修我矛戟。与子偕作⑦！
岂曰无衣？与子同裳⑧。王于兴师，修我甲兵⑨。与子偕行⑩！

注释

① 袍：长袍，即今之斗篷。

② 王：此指秦君。一说指周天子。

③ 于：语助词。

④ 兴师：起兵。

⑤ 同仇：共同对敌。

⑥ 泽：内衣，如今之汗衫。

⑦ 作：起。

⑧ 裳：下衣，此指战裙。

⑨ 甲兵：铠甲与兵器。

⑩ 行：往。

　　申包胥是楚国的一个大夫，包胥是他的字，申是他的封邑。申包胥很有才干，也很忠诚。有一年，楚国和吴国在柏举这个地方作战，最后吴国把楚国军队打得大败，一举攻进了楚国的首都郢（yǐng），楚昭王只好逃到随国去避难。

　　申包胥为了救自己的国家，就跑到秦国去求救兵。他对秦哀公说："吴国是头大野猪、是条长蛇，它多次侵害中原各国，最先受到侵害的是楚国。我们国君守不住自己的国家，流落在荒草野林之中，派遣臣下前来告急求救。吴国人的贪心是无法满足的，要是吴国成为您的邻国，就会对您的边界造成危害。趁吴国人还没有把楚国平定，您还是去夺取一部分楚国的土地吧。如果楚国就此灭亡了，那一部分就是君王的土地。如果凭借君王的威名来安抚楚国，楚国将世世代代侍奉君王。"

秦哀公并不想介入两国的纠纷，就婉言谢绝说："我听明白了您的请求。您暂且住进客馆休息，我们考虑好了再告诉您。"

申包胥回答说："我们国君还流落在荒草野林之中，没有得到安身之所，臣下哪里敢就这样去客馆休息呢？"

申包胥站起来，靠着秦国宫廷的院墙放声痛哭，哭声日夜不停，连续哭了七天，没有喝一口水，没有吃一口饭。秦哀公看他哭得声音嘶哑，眼睛充血，非常受感动，赶紧叫人抬下去交给御医诊治。

第二天一早，秦哀公登上朝堂，向群臣宣布："楚王昏庸无道，我们本不该去救他们，但是楚国有申包胥这样的忠臣，楚国不该灭亡。"于是，他下令让秦国大夫子满、子虎率领五百乘战车，和申包胥一起去救楚国。申包胥很感动，连着叩了九个头表示感谢，然

后才坐下吃东西。

出征之前，秦哀公专门作了《无衣》这首诗，鼓舞士气。诗是这样写的：

岂曰无衣？与子同袍。王于兴师，修我戈矛。与子同仇！

岂曰无衣？与子同泽。王于兴师，修我矛戟。与子偕作！

岂曰无衣？与子同裳。王于兴师，修我甲兵。与子偕行！

诗的意思是说：谁说我们没有衣？和你同把斗篷披。把咱戈矛、战戟磨锋利，把咱甲刀修好，大家一起上阵杀敌！

已恢复了几分气力的申包胥，挥动着手臂和大家一起唱起来，眼睛里饱含热泪……

最后，申包胥引路，带领着秦军杀回楚国，流散的楚军迅速集合在楚昭王手下，秦楚联合，终于击溃了吴军，挽救了楚国。

楚王要封赏申包胥，申包胥说："辅佐君主安邦定国，不是为自己；除掉祸害救人于危难，不是为了名声。现在国家已经安定了，我还有什么需求呢？"他婉言谢绝了楚王的封赏，回老家种地去了。

鸡有五德

硕 鼠（节选自《诗经·魏风》）

[先秦] 佚 名

硕鼠①硕鼠，无②食我麦！
三岁③贯④女，莫我肯德。
逝⑤将去⑥女⑦，适彼乐国⑧。
乐国乐国，爰得我直⑨。

注释

① 硕鼠：大老鼠，一说田鼠。比喻贪得无厌的剥削者。
② 无：毋，不要。
③ 三岁：多年。三，非实数。
④ 贯：借作"宦"，侍奉，也有纵容、忍让的意思。
⑤ 逝：通"誓"，表示态度坚决。
⑥ 去：离开。
⑦ 女：同"汝"。
⑧ 国：域，即地方。
⑨ 直：指居所。一说同"值"。

　　齐人田饶在鲁国做一个小官，已经好久了，但是国君鲁哀公一直不重用他。有一天，田饶实在忍不住，就去对鲁哀公说："臣将去君，黄鹄（hú）举矣。"意思是说：我就要离开君主您，学习鸿鹄一飞冲天了。黄鹄也就是鸿鹄，现在称呼为天鹅。鸿鹄是候鸟，每年都要南北迁徙（xǐ），志向很远大。

　　鲁哀公听了一愣，问道："这话是什么意思？"

　　田饶坦率地回答说："我今后想做鸿鹄，不想做平凡的雄鸡了。"

顿了顿，他继续说道："我来给您比较一下雄鸡和鸿鹄的区别吧！"

他说："首戴冠者，文也；足搏距者，武也；敌在前敢斗者，勇也；得食相告，仁也；守夜不失时，信也。鸡有此五德。"意思是：雄鸡头上有威风凛凛的冠子，这是有文化的表现；脚爪子非常锐利，这是孔武有力的表现；前面有强敌，鸡也敢于上前搏击，这是勇气的表现；遇到食物就会互相呼唤，这是仁义的表现；守夜报晓，这是信用的表现。这是鸡的五种令人尊敬的德行。但是鸡自己得到的是什么呢？主人还是"日瀹（yuè）而食之"，也就是每天都拿鸡来做汤，这是为什么呢？田饶说，这是因为鸡离主人太近了，反而不被看重，随手就可以抓一只来吃掉。

可是鸿鹄的待遇跟鸡相比，就大大不同了。田饶继续分析说："夫黄鹄一举千里，止君园池，食君鱼鳖（biē），啄君黍粱，无此五者，君犹贵之，以其所从来者远矣。臣将去君，黄鹄举矣！"意思是说：鸿鹄从千里以外飞过来，只在您的园林里偶尔停歇，它吃的是您养的鱼鳖，啄食的是您的庄稼。虽然鸡这五个优点鸿鹄一点儿都不具备，却还是得到您的看重，就是因为它们是来自远方的缘故吧。所以，我现在也要离开您了，学习鸿鹄那样远走高飞。

鲁哀公说："说得太好了，请稍微慢一点儿，我把你的话记录下来。"田饶停了停，放慢语速继续说下去："臣闻，食其食者，不毁其器；阴其树者，不折其枝。有臣不用，何书其言？"意思是：吃人家送的食物，不毁坏人家的容器；在树荫下乘凉，不攀折人家的树枝。有才能的我就站在面前，您却不肯重用，还记录我说的这些话有什么意义？接着，他就吟诵了《诗经》中《硕鼠》的几句话：

逝将去女，适彼乐国。

乐国乐国，爰得我直。

意思就是：我将要离开你，去寻找远方的乐国，那里才是适合我大展身手的地方啊。

随后，田饶就离开了鲁国，来到了燕国，很快就成为燕国的宰相，仅三年的时间，就把燕国治理得井井有条，富庶平安。鲁哀公经常反省这件事，感慨很多，甚至为此"辟寝三月，减损上服"，即常独居静室反思，减少自己作为国君的财务开支。他后悔极了，说："不慎其前，而悔其后，何可复得。"意思是说：以前做得很不周全，事后也只能空空后悔，但是，时光又怎么能倒流呢？

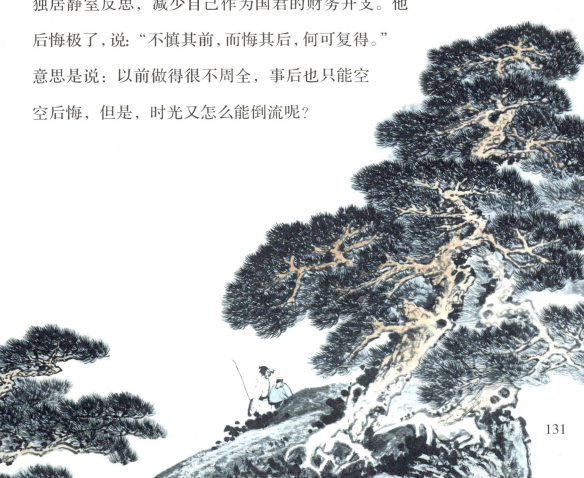

鲁侯祭鸟

泮 水（节选自《诗经·鲁颂》）

[先秦]佚 名

思乐泮水，薄采其芹。
鲁侯戾①止，言观其旂②。
其旂茷茷③，鸾④声哕哕⑤。
无小无大⑥，从公于迈⑦。

注释

①戾：临。
②旂（qí）：绘有龙形图案的旗帜。
③茷（pèi）茷：飘扬的样子。
④鸾：通"銮"，古代的车铃。
⑤哕（huì）哕：铃和鸣声。
⑥无小无大：指随从官员职位不分大小尊卑。
⑦迈：行走。

《诗经》中有一篇《泮（pàn）水》，开头是这样写的：

思乐泮水，薄采其芹。

鲁侯戾止，言观其旂。

其旂茷茷，鸾声哕哕。

无小无大，从公于迈。

意思是说：怀着欢乐的心，赶到泮水边。采撷（xié）水芹，准备大典。鲁侯仪仗驾到，多么隆重庄严。旗帜飘飘，迎风招展，銮铃声声，响在耳边。无论平民还是达官，都紧跟鲁侯奋勇向前。

如果诗词会讲故事·先秦篇

从这首诗中，我们可以了解到鲁侯出行的阵仗多么威武雄壮。鲁侯在自己的国度，有着巨大的权力和地位。他出行有舒服的车马，吃饭有各种好吃的东西供他选择，娱乐可以听各种好听的音乐、观看各种好看的舞蹈。但是他自己遇到事情却不知道认真思考，经常办一些傻事。

有一天，一只非常少见的大鸟忽忽悠悠地飞落在鲁国都城的附近。这其实是一只美丽的海鸟，它展开翅膀抬起头的时候，身高能够达到八尺，羽毛斑斓，鸣声悦耳，很像传说中的凤凰鸟。于是，大家就把这只鸟当作了神鸟，纷纷过来观赏，有的人还嘟嘟嚷嚷地向着这只大鸟行礼。

有个好事的大臣臧文仲赶紧把这个消息报告给了鲁侯。鲁侯一听，眼前一亮，高兴地说："神鸟出现是国家的祥瑞，赶紧带我去见见这只神鸟。"忽然，他又想了一下，说道："既然是神鸟出现，我就应该用盛大的仪式和礼节来迎接它。"后来，鲁侯就摆上像《泮水》诗中描写的那样盛大的仪仗，"其旂茷茷，鸾声哕哕"，浩浩荡荡地把神鸟迎进鲁国的神庙，并赶紧招呼人们设置美味酒宴，毕恭毕敬地招待这只海鸟。

鲁侯命令伺候自己的乐师排好阵势，演奏起庄严隆重的《九韶（sháo）》曲。《九韶》传说是舜帝所作，共有九支乐曲。夏、商、周三代的帝王都将《九韶》作为国家大典的乐曲。在一般的场合，想听也听不到。孔子曾经在一位名叫高昭子的贤人家里观赏过乐队

演奏《九韶》，由衷地赞叹："听了这次演奏，三月不知肉味。"
从这个故事也能侧面想象《九韶》的魅力是多么迷人。鲁侯特意用
宫廷音乐中最高等级的《九韶》来接待这只神鸟，可见这只神鸟在
鲁侯心目中有着怎样神圣高贵的地位。接着，鲁侯又派人用大盘子
端出烤熟的全牛、全羊和全猪，这些都是在最庄重最严肃的场合才
安排的祭品。鲁侯恭恭敬敬地站在神鸟的旁边，带着笑脸，殷勤地
邀请它享用这些冒着热气的香喷喷的食物。

　　大鸟看着这些乱糟糟的场面，满眼惊恐，浑身发抖。摆在它面
前的那些高级的牛羊猪肉，还有那些美味的醇（chún）酒，大鸟一
口也不敢吃，一口也不敢喝。三天之后，它在担忧和恐惧中死去了。

鲁侯刚开始还有点儿不信，这样的神鸟怎么也会死亡呢？他赶紧过来查看，最后摇着头离开了，他狠狠地责备了一番替他养鸟的手下，却完全不知道自己错在哪里。

鲁国的名人柳下惠听闻后，连连摇头说："荒唐，荒唐。"他认为："祭祀之事要根据历代圣王的标准严格进行，只能献祭对百姓、国家做出重大贡献的人和事物。像这种莫名其妙飞来的海鸟，谁也不知道它的来历，更不知道它有何功德，就随意祭祀，这种举动实在不明智。"

后来，孔子也听说了这件事，评论说："鲁侯是按自己的生活习性来养鸟，不是按鸟的习性来养鸟。按鸟的习性来养鸟，就应当让鸟栖息于深山老林，游戏于水中沙洲，浮游于江河湖泽，啄食泥鳅和小鱼，随着鸟群的队列而止息，从容自得、自由自在地生活。它们最讨厌听到人的声音，何况又那么喧闹嘈杂呢？"

学而不已

烝①民 （节选自《诗经·大雅》）

[先秦] 佚 名

肃肃②王命，仲山甫将之。
邦国若否③，仲山甫明之。
既明且哲，以保其身。
夙夜匪解④，以事一人。

注释

① 烝民：意即庶民，泛指百姓，是春秋战国时期及之前历代对"百姓"的称谓。
② 肃肃：严肃。
③ 若否：好坏。
④ 解：通"懈"，懈怠。

孔子在家里休息，他的学生子贡提起长袍子的下襟，恭恭敬敬地进来拜见他。一见面，子贡就愁眉苦脸地说："先生啊，我跟您学习好几年了，可是现在感到才力枯竭，智商也有限，看来我做学问是只能停滞不前，不会再有什么进步了。请您允许我回家歇几天，先把学习停止一段时间吧。"

孔子一皱眉，知道子贡有些厌学情绪，就耐心地问道："子贡啊，那你想在什么方面停止学习呢？"

子贡说："我想在'事君'方面停止。"

孔子说："《诗》上说'夙（sù）夜匪解，以事一人'。像这样做，真是不容易，你为什么要停止它呢？"孔子引用的这两句话出自《诗经》中的《烝民》，原诗的第四章是：

> 肃肃王命，仲山甫将之。
>
> 邦国若否，仲山甫明之。
>
> 既明且哲，以保其身。
>
> 夙夜匪解，以事一人。

周宣王派仲山甫去齐地筑城，临行时尹吉甫作诗赠之，诗歌赞扬仲山甫的美德和辅佐宣王的政绩。孔子的意思是说：像仲山甫白天黑夜不懈怠来侍奉君主一个人，哪里有停止的时候呢？

子贡接着说道："那么我想在'事父母'上停止学习。"

孔子说："《诗》上说'孝子不匮，永锡尔类'。能够做到这样何其不易，你怎么想到要停止这件事呢？"孔子引用的这两句诗出自《诗经》中的《既醉》：

> 威仪孔时，君子有孝子。
>
> 孝子不匮，永锡尔类。

意思是说：贤孝的子孙们不会缺乏，德高的君子家辈辈传承

孝道。

子贡随后回答说："我想停止'事兄弟'。"

孔子说："《诗》上说'兄弟既翕（xī），和乐且湛（zhàn）'。像这样做，真是不容易，你为什么停止它呢？"孔子引用的这四句诗出自《诗经》中的《常棣》：

> 妻子好合，如鼓瑟琴。
>
> 兄弟既翕，和乐且湛。

意思是说：夫妻和睦，就像琴和瑟的和谐合奏。兄弟和美，能让全家都沉浸在幸福深处。

子贡又说："那么我就停止学习耕田吧。"

孔子沉吟了一下，微微一笑，继续说道："《诗》上说'亟（jí）其乘屋，其始播百谷'。能够做到这样，是多么不容易啊。你为什么停止学习耕田呢？"孔子引用的这四句诗出自《诗经》中的《七月》：

> 昼尔于茅，宵尔索绹。
>
> 亟其乘屋，其始播百谷。

讲的是耕作的艰辛和农时的急迫。

子贡叹了一口气，问道："那么我什么时候能够停止学习呢？还有停止学习的时候吗？"

孔子用斩钉截铁的语气回答他说："学而不已，阖（hé）棺乃止。"意思是说：学习是不能停止的，一个人在去世之前都要学习。

这也就是我们现在常说的"活到老，学到老"的意思。

子贡点点头，说："懂了。"于是，子贡继续跟着孔子学习各种知识，后来成为一位著名的外交家，成就很大。当时，有个名叫叔孙武叔的就跟人们说："子贡的学问已经高于他的老师孔子了。"

子贡听到这句话，就把他带到一座宫殿前，指着宫墙说："大人，您往里面瞧瞧，能看见宫墙后面的东西吗？"叔孙武叔看着高高的宫墙，说自己什么也看不见。子贡又带他到一个普通人家的院墙前，那墙比人还矮。他对叔孙武叔说："你能看到院子里的东西吗？"叔孙武叔说："能啊，院子里开满鲜花，多么漂亮啊！"

于是，子贡解释说："我的学问就像这道矮墙，谁都可以看见院子里的美好，而我的老师孔子活到老，学到老，他的学问高深莫测，就像那数仞（rèn）高的宫墙，如果找不到大门走进去，就看不到墙后的宏伟景象。"这就是人们称赞孔子有学问时常说的"宫墙数仞"（或"宫墙万仞"）的来历。

孔鲤趋庭

蓼 萧（节选自《诗经·小雅》）

[先秦] 佚 名

蓼^①彼萧^②斯，零^③露湑^④兮。

既见君子，我心写^⑤兮。

燕^⑥笑语兮，是以有誉处^⑦兮。

注释

① 蓼（lù）：长而大的样子。

② 萧：艾蒿。

③ 零：滴落。

④ 湑（xǔ）：湑然，萧上露水。即叶子上沾着水珠。

⑤ 写（xiè）：舒畅。

⑥ 燕：通"宴"，宴饮。

⑦ 誉处：安乐愉悦。

公元前533年，孔子娶宋国人亓（qí）官氏的女儿为妻。一年后，他们家就添了一个男宝宝。孔子当时在鲁国担任管理仓库的官吏。鲁国的君主鲁昭公听说了这件事，就派人给他们家送来一条大鲤鱼，表示祝贺。于是，孔子就给儿子取名叫孔鲤。后来，他让孔鲤跟着自己的学生们一起学习。

孔子是个教育家，有很多学生跟着他学习。其中有一个学生名叫陈亢，鬼心眼挺多。有一回，陈亢看见老师孔子和孔鲤在悄悄说话。陈亢当时和他们还有一段距离，尽管他使劲竖起耳朵，用力去听，还是没有听清他们在说什么。陈亢心里就开始嘀咕，猜想老师一定在给自己的儿子上小课，教他一些别人不知道的东西。

又有一回，陈亢又看见孔子在离人较远的地方和孔鲤说着什么，只看到孔子的表情很严肃，孔鲤的表情很紧张，两人像是在交流什么别人不知道的东西。这次，陈亢就认定孔子偏心，在给弟子们传授知识时一定留了一手。

过了几天，陈亢就找到孔鲤，直接问道："我看到你和老师两次单独谈话，他都教了你什么我们不知道的秘密知识？"

孔鲤很憨厚，被他问得一头雾水，想了一会儿才想起来，说道："并没有什么秘密知识啊。有一次，我快步走过庭院的时候被父亲看见，他问我学了《诗》没有？我说没有。父亲就说'不学诗，无以言'。"孔子说的"诗"，就是指《诗经》。《诗经》是最早的一部诗歌总集，汇集了从西周初年到春秋中叶的民歌和朝堂礼歌，共有三百零五篇。那时的人们在重要场合都喜欢引述《诗》中的诗句来阐发见解。如果不懂《诗》，就不能完美表达自己的想法，无法和别人进行顺畅交流。公元前530年夏天，宋国的华定出使鲁国，为新即位的宋君通好。鲁国设享礼招待他，为他赋《蓼萧》这首诗，华定不知道是什么意思，也没有赋诗回答，所以就受到了鲁国大夫昭子的嘲笑。

《蓼萧》是《诗经》中的一首诗，第一节是这样写的：

蓼彼萧斯，零露湑兮。

既见君子，我心写兮。

燕笑语兮，是以有誉处兮。

诗的意思是说：艾蒿长得又高又长，叶上露珠闪闪发亮。既已见到了我们的天子，我的心情非常欢畅。一边欢笑一边交谈，大家的宴会一派喜气洋洋。这首诗描写了诸侯朝见周天子的盛大场面。

鲁国在宴会上奏《蓼萧》，其中"燕笑语兮，是以有誉处兮"，是讥讽华定"宴语之不怀"，也就是言语不当。这首诗后边还有"为龙为光"，是讽刺华定"宠光之不宣"，也就是不正大光明。诗中还有诗句"宜兄宜弟，令德寿恺"，讽刺华定"令德之不知"，也就是不知好歹。诗中还有"万福攸同"，结果华定不答赋，所以被讽刺为"同福之不受"，也就是给脸不要脸。看看，华定不懂诗，丢了多大的脸。所以孔子说"不学诗，无以言"。

这话他不仅跟孔鲤说过，也多次跟弟子们说过："小子，何莫学夫诗？诗，可以兴，可以观，可以群，可以怨。迩之事父，远之事君；多识于鸟兽草木之名。"意思是说：亲爱的同学们，大家都要学习《诗》啊。学习这本书可以激发志气，增进观察力，加强友谊，还可以表达批评意见。近可以孝顺父母，远可以服务君王，还可以帮助我们了解许多鸟兽草木的知识。

陈亢听了孔鲤的转述，想起孔子其实也多次跟他们说过，于是点点头，相信老师不是给孔鲤上小课。但是他眨巴眨巴眼睛，忽然又想起来："还有一次呢？"

孔鲤又老老实实地说，确实还有一次，他也是在庭院里遇到了父亲，父亲又问他学了礼没有，知道孔鲤还没有学习礼，就非常生气地批评了他，告诫他"不学礼，无以立"。就是不知书达礼，就无法好好做人。于是，孔鲤就又开始学礼。

陈亢听了孔鲤的介绍，终于消除了对老师的误会。他高兴地说："问一得三，闻诗，闻礼，又闻君子之远其子也。"意思是说：自己只问了孔鲤一件事，却知道了三件事，知道了学诗、学礼，还知道了老师并没有偏爱自己的儿子。

这个故事，就被后人称为"孔鲤趋庭"。"趋"就是快步走，"庭"就是庭院的意思。现在人们也把听父亲的教诲，称为"庭训"。

东野毕驭马

大叔于田（节选自《诗经·郑风》）

[先秦] 佚 名

叔于田^①，乘乘^②马。

执辔^③如组，两骖^④如舞。

叔在薮^⑤，火烈^⑥具举。

袒裼^⑦暴^⑧虎，献于公所^⑨。

将^⑩叔勿狃^⑪，戒^⑫其伤女^⑬。

注释

① 田：同"畋"，打猎。

② 乘（chéng）乘（shèng）：前一乘为动词，后为名词。古时一车四马叫一乘。

③ 辔：驾驭牲口的嚼子和缰绳。

④ 骖（cān）：驾车的四马中外侧两边的马。

⑤ 薮（sǒu）：低湿多草木的沼泽地带。

⑥ 火烈：打猎时放火烧草，遮断野兽的逃路。

⑦ 袒裼（xī）：脱衣袒身。

⑧ 暴：通"搏"，搏斗。

⑨ 公所：君王的宫室。

⑩ 将（qiāng）：请，愿。

⑪ 狃（niǔ）：反复地做。

⑫ 戒：警戒。

⑬ 女：通"汝"，指叔。

在我国春秋时期，鲁国有一位非常善于驾驭马车的人，名叫东野毕。有一回，颜回陪鲁定公坐在观礼台上，看东野毕在台下表演驭马的技术，鲁定公很高兴，于是就问颜回："颜回先生，您听说

如果诗词会讲故事·先秦篇

过东野毕的大名吧？知道他擅长驭马这件事情吗？"颜回淡淡地答道："听说过。好多人都称赞他擅长驭马，却不知道他的马将来一定会跑丢。"

鲁定公脸色一变，不太高兴了。东野毕的驭马技术是鲁国人都称赞的本事，可颜回不仅不称赞他，还预言他驾的马匹必会跑丢，真不知道颜回心里想的什么。于是，鲁定公就不耐烦地扭过脸去，故意大声对旁边的大臣说："原来某些君子也会背后说人坏话啊！"说完，就哈哈大笑起来。颜回听后，仍然不动声色，一句辩白的话也没有说，施了一个礼，就从高台上退了出去。

可是，颜回离开的第三天，管理马匹的畜牧官突然跑来，焦急地向鲁定公报告："为东野毕驾车的那些马突然不听使唤了。它们一齐挣脱开缰绳，跑丢了。"鲁定公一听，惊得从宝座上跳了起来。他想起那天颜回的预言，赶紧派人把颜回请回来。

颜回一进门，鲁定公就赶紧向颜回请教："那天你说他的马必定会跑丢，今天果然出事了。你是怎么预先知道马匹要出事的呢？"

颜回起身回答说："我是从治理国家的道理推测出来的。从前舜帝总是知人善任，穆王的车夫、驾车能手造父也善于驾驭马车，但是舜帝不穷尽民力，造父也不穷尽马力，因此，没有什么人来抱怨和造反。可是现在东野毕驭马，从一上车就把马缰绳紧紧勒住，使马的身体只能使劲儿挺直，让马在长途跋涉中几乎耗尽了全部体力，这还不算，还准备了鞭子，不时地抽打它们。长期这样下去，这些马儿肯定会想办法逃跑啊。"

鲁定公诚恳地点点头，说："说得真好啊。"颜回说："野兽被逼急了就会咬人，野鸟被逼急了就会啄人，而人如果被逼急了，也会相互欺骗和残害，何况那些马儿呢？《诗》上说'执辔如组，两骖如舞'，讲的就是善驭马车的事情啊。"颜回引用的这两句诗出自《诗经》的《大叔于田》，诗的第一段是：

> 叔于田，乘乘马。
>
> 执辔如组，两骖如舞。
>
> 叔在薮，火烈具举。
>
> 袒裼暴虎，献于公所。
>
> 将叔勿狃，戒其伤女。

意思是说：尊贵的大叔到郊原围猎，乘着四匹马拉的大车奔驰。抖动着丝缰如同在编织着花纹，车辕两旁的骏马如同在舞蹈。大叔停在草木茂盛的大泽，大火熊熊燃烧着驱赶野兽。大叔光着上身和猛虎搏斗，打猎的收获一起献给君主。大叔啊不要太辛苦了，要防备猛兽伤到你的身体啊。

反复回味着这首诗，鲁定公陷入了沉思，好久之后，才从口中吐出一句话："唉，原来是我的错误啊。"

咏橘明志

橘 颂（节选）

[先秦] 屈 原

后皇①嘉树，橘徕服兮②。

受命③不迁，生南国兮。

深固难徙，更壹志④兮。

绿叶素荣⑤，纷其可喜兮。

曾枝⑥剡棘⑦，圆果抟⑧兮。

青黄杂糅，文章⑨烂⑩兮。

精色⑪内白，类任道兮⑫。

注释

① 后皇：即后土、皇天，指地和天。

② 橘徕服兮：适宜南方水土。

③ 受命：受天地之命，即禀性、天性。

④ 壹志：志向专一。

⑤ 素荣：白色花。

⑥ 曾枝：繁枝。

⑦ 剡（yǎn）棘：尖利的刺。

⑧ 抟（tuán）：通"团"，圆圆的。

⑨ 文章：花纹色彩。

⑩ 烂：斑斓，明亮。

⑪ 精色：鲜明的皮色。

⑫ 类任道兮：就像抱着大道一样。类，像。任，抱。

公元前320年，楚国贵族青年屈原满二十岁了，要行"冠礼"了。

冠礼，就是加冠之礼，是在男子二十岁时举行的一个成人仪式。

男子行过冠礼之后，就可以被称为"丈夫"了。

行冠礼时，要由父亲主持仪式。屈原严格按照仪式要求行礼，一点儿也不走样。另外，口中还要跟着前辈吟诵《士冠辞》，开头几句是：

令月吉日。始加元服。

弃尔幼志。顺尔成德。

寿考惟祺。介尔景福。

吉月令辰。乃申尔服。

敬尔威仪。淑慎尔德。

眉寿万年。永受胡福。

《士冠辞》的文字冗长，大致意思是说：选择这个美好时辰，开始加冠，放声歌唱。抛弃你幼稚的鲁莽，加强各种修养。愿你吉祥健康，赐你幸福万年长。选择这个吉祥时辰，戴上一顶皮弁（biàn）

如果诗词会讲故事·先秦篇

冠。以后行为举止要端庄，必须保持谨慎和善良。永远为你祝福，愿你福寿绵长。

屈原本来长得就很俊美，在冠礼仪式上的表现又稳重大方，言有据，行有矩，很受长辈们喜欢。冠礼之后，有人向楚王引荐了屈原，于是，屈原做了三闾（lǘ）大夫，帮助管理和教育"王族三姓"（昭、屈、景）的子弟们，对学生进行思想品格的教育，希望能够教育出一批像他一样德才兼备的贵族子弟来辅佐君王。

为了活跃气氛，屈原带领这些孩子到郢都郊外野游。这时漫山遍野的橘子熟了，一个个像小灯笼一样挂在树上，仿佛可以把孩子们的眼睛照亮。孩子们有的开始偷偷采摘橘子，有的攀折树木，有的踢断树干……这一大片橘子园可遭了殃。这些贵族孩子真是很不好管理啊！

屈原好不容易把他们聚集在一起，然后举着一根被折断的橘树枝，心疼地说："你们对橘树要有一种特别的尊重啊！"一个调皮

的孩子撇撇嘴，说道："一根树枝而已，尊重什么呢？"屈原被问住了，脸涨得通红，结结巴巴说不出话来，最后才从牙缝里憋出两个字："等着！"

屈原在孩子们惊奇的目光中，围着一棵巨大的橘树一连转了三个圈儿，忽然有主意了。只见他立刻来到孩子们中间，不紧不慢地吟诵了起来：

> 后皇嘉树，橘徕服兮。
>
> 受命不迁，生南国兮。
>
> 深固难徙，更壹志兮。
>
> 绿叶素荣，纷其可喜兮。
>
> 曾枝剡棘，圆果抟兮。
>
> 青黄杂糅，文章烂兮。
>
> 精色内白，类任道兮。

这首诗就是著名的《橘颂》，全诗从各种角度赞美了橘树的德行。屈原教育贵族子弟们要热爱自己的故乡，坚定美好的理想和信念，克服层层阻碍，珍惜时间，努力追求真理，永远都不要改变志向。要像橘树那样叶繁花茂，表里如一，要不忘初心，茁壮成长，将来成为国家栋梁。一生要谦虚谨慎，洁身自好，让美德的光彩永远不

如果诗词会讲故事·先秦篇

黯淡，不消失。

　　屈原巧妙地借橘树的品性来教育这些贵族子弟，寓意深刻，孩子们听后深受触动。后世的人在评价屈原的《橘颂》时说："屈原是咏橘明志。"

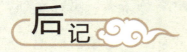

祝福所有的孩子

高 昌

祝福所有的花朵
和花朵般美丽的笑容

祝福所有的露珠
和露珠般纯洁的心灵

祝福所有的翅膀
和翅膀般飞动的梦境

祝福所有的嫩芽
和嫩芽般新鲜的萌动

世界翘起了拇指
悄悄睁大惊奇的眼睛

生活张开了臂膀
紧紧拥抱彩色的黎明

多么美好的节日
每一滴泪珠都是水晶

多么快乐的时光
每一声呼唤都是深情

海上或许有漩涡
但是浪花却都在奔涌

路上或许有风雨
但是脚步却都很坚定

一颗一颗的汗珠
变成一粒一粒的花种

一段一段的记忆
变成一畦一畦的风景

有灿烂的彩虹啊
有彩虹般灿烂的前程

有晴朗的阳光啊
有阳光般晴朗的人生

祝福所有的孩子
用春天最美丽的表情

祝福所有的孩子
用夏天最热烈的歌声

祝福所有的孩子
用秋天最甜蜜的憧憬

祝福所有的孩子
用冬天最温暖的叮咛……